猫书社出品

当茉遇见莉，

生活满是欢乐。

当茉遇见莉

ONCE MO MEET LLY

李菁作品

作家出版社

目录
contents

此 中
有 真 意

雪小禅 推 × 荐 × 序

　　给李菁写这个序的时候是三伏天。温度四十摄氏度，蝉在疯狂地叫着，楼下的荷花池里荷正盛开。

　　李菁对我的温度，像这个夏日的温度。从认识的那天，到今天。

　　算来认识李菁有六七年了。那时她还是小孩子，她自称是我粉丝，寄来礼物和一件白衬衣，还有她的日记——她托人亲自捎给我，那时我在中国戏曲学院教学。

　　再后来她给我写信件。那时她快大学毕业了，正茫然，让我鼓励她考研究生。我自然是鼓励，并且说，女孩子读书是最好的。

　　举手之劳的事情，我鼓励过便忘记了。

　　她果然考上了。来邮件说："姐姐，因为你的鼓励，我考取了研究生。"我内心里轰轰烈烈的，未曾想到一句话给一个不曾谋面的女孩子这样惊天动地的作用。

　　即至见到她，才知道是湘西女子，灵性十足，且，美貌润透。她唤我"姐姐"，声音好听极了。

　　我们终于越走越近，她千山万水去听我讲座，一次次来我家为我拍照……每次来我家，都要为我整理书籍，然后耐心倾听。她之低调谦逊加上自身灵性禀赋，使"吧啦"这个名字很快从一群女孩子中脱颖而出了。

吧啦，是她的一个笔名，确切说，我不太喜欢这个笔名，像个稚童，远远不如李菁好听。还好，现在她换了回来。

如果说见证一个人的成长轨迹是荣幸，那么很荣幸，我见证了她一寸一寸的成长轨迹。

从一个稚气的小姑娘到下笔从容的写作者，从一个大学生到大学老师，从手机摄影到有独特品位的摄影师，从平凡女子到有生活品位的李菁……时光赠予她金线，织成了自己的梦想。

很多细节会令人动容。

她无论去哪儿，都会寄些当地的土特产给我。那些来自湘西的辣酱、腊肉、来自西藏的藏香、银镯子，来自台湾的雨伞、台北故宫笔记本，西安的点心、古法黑糖……日常的心疼这样令人动容，家里的洗脚盆亦是她千里之外寄来。

重要的是，她的艺术才华闪着逼仄的灵光。在她这个年纪，我不如她。

她学设计，开始为我设计一系列文化产品。明信片、书签、笔记本、印章、茶杯、壶、包、信封、手机壳、书简……每一件都独一无二。设计才华淋漓尽致展现。她只有一台最便宜的单反相机，却拍出了无法想象的孤寂、空灵、绝美——我大学讲座海报的照片几乎都是她拍的。

上天太厚爱这个女子了——给了她美貌，又给了她才情。而且，年轻得像一株翠绿的小白杨。

行走。读书。写作。摄影。设计。李菁每一项都是她这个年龄的佼佼者。重要的是，她始终保持着低调谦逊的温度，那是个低姿态的温度，谦卑者的姿态。她开始习书法，接触中国传统文化，与我秉烛夜谈书法名帖……

一个女子，在年轻时文字就老了是极大的好事。李菁的文字有灵性、有深度、有张力、有了老意。真替她高兴，光阴会把该给她的都给她。

三月的时候，她成为我公众号"雪小禅"的主编，以她的审美和编辑水平，几期下来就引起了轰动。很多设计公司找到她。我对她说："你看，金子放到哪儿都闪光。老天会厚爱勤奋的人。"

我们相约了。到老，她都是雪小禅微刊的主编。她说：说好了，一辈子就是一辈子。

没写过序。哪里会写序——那天一冲动答应给李菁写序，她说是我的学生，不小心被推到雪老师位置，且真的有一把年龄了，且，对李菁有着说不出的感激与心疼。

书法中说人书俱老是最高境界。希望李菁越写越好，做一个精神明亮的人，在艺术的天空和生活的世界中脚踏实地往前走，用写作抵挡光阴的流逝，用蕙心敏思来书写光阴中那些人、那些事、那些光芒。

院子里的荷花开得正好，我等着李菁来看荷花。

等待她的《当茉遇见莉》散发出清幽的香。

我们一起看荷花。像往常一样，静观不语，就已经很好。

雪小禅

畅销书作家，知名文化学者。曾获第六届老舍散文奖、首届孙犁文学奖等多个奖项。迷恋戏曲，曾任教于中国戏曲学院，被称"大学生心中的作家女神"。同时被南京航空航天大学等多所名校聘为"导师"。对传统文化、戏曲、美术、书法、收藏、音乐、茶道均有自己独到的审美与研究。

姑家有女初长成，
茉莉花开一缕香

推 × 荐 × 序　　　　　　　　　　红娘子

每次看到表妹李菁的照片，都会感叹造物的奇妙。

她长得太像年轻时候的姑姑。

姑姑是非常好看的女子，印象中的她，一直有一头自然卷曲的长发，那头卷发在当年那个还不时兴离子烫的年代，绝对是自带光环的美人利器。

姑姑皮肤白皙，说话的时候非常温柔，轻言细语，我从未见过她高声说话，哪怕在生气的时候，她也只是微微摇头。

姑姑心地柔软，非常善良，疼爱着我和我弟弟，所以，我每次去镇上都会去看她。

她家在一个田野边上，前面是菜园，边上是溪水，院子里有各种花，夏天的时候就自顾自地开着，清凉的风从山上吹过来，蝴蝶蜜蜂也跟着飞过来。那是一个美丽的地方。

那个时候菁菁还是一个黄毛小丫头，总跟在一群小孩子后面在田野里奔跑。她小时候就非常惹人喜欢，眼睛大大的，很爱笑。

古龙说，爱笑的女人，运气不会太差。

所以，菁菁的运气一直不差。

她从山中小溪边一路走来，走到了四川，走到了陕西，走到西藏，走到台湾，行走着，感受着，爱着这个世界，也被这个世界所深爱着。

她喜欢画画，爱看书，也痴迷于音乐，钟爱摄影。

但是，一直不离不弃的就是写作啊，从年少到现在，这么多年，一直不曾停下手里的笔，一路走着。

我像是看到记忆中的小姑娘，身影越来越清晰，最后，也变成了姑姑一般善良温柔美丽的女子，这是多么美妙的事情。如同某天，你经过一棵玉兰树，擦肩而过时，留心打量一眼，花开之季，你又打它身旁经过，那玉兰花被风吹落，浇了你一身的碎花瓣，香气怡人，美不胜收，心里涌出种种愉悦。

而她成长的万般美好，就是这样一件让我这个表姐愉悦的事情。

表妹李菁出第二本书了，她的文字是美的，充满着灵性。她从灵魂深处伸出小小的手，去温柔地触摸、看待着这个世界，看着她的朋友，记录着朋友的故事。

这是因为这个世界也一直在温柔地对待着她。

我们家族都知道她是单纯的，这种单纯是美好的，单纯透明才能透射出别人的美。

这种美映在她的画里，她拍出来的照片里，她喜欢的音乐里，尤其是在她的文字里。

第一本书《见素》像是她成长过程中的碎言碎语，珍珠一样，把成长都记录下来。我年少离家，与表妹相处的时间甚少，但看她的书，就如同进入了她从前的生活，从她的笔下能看到她的世界。

那本书很温暖。

而这一本书，让我感觉至情至性。她的这本短篇集《当茉遇见莉》，里面的人物虽然小说化，但是，总归是能从她的生活里找到一些原型。那些人都被写得活了过来，从那隐居的深山中活到了文字里，走到了书里。

书里最令人无法放下的是那些女子，一个个活脱脱地出现在文字里，演绎着或美好或疼痛的故事。隐居在终南山的如是，用医术供养山里的僧人，用善行供养自己的灵魂；生活在古镇里的周老师，爱穿棉麻衣裳，优雅独特；走在西藏路上的薇莲，如雪莲花般圣洁美丽；相互依偎的茉与莉，安静与张扬，映照着最本真的内心；在古城酒吧驻唱的秋子，活得明媚，却隐藏了太多伤悲；从农村出来的以南，受尽了女人的苦难……李菁写她们，总有一种言有尽而意无穷的韵味，细腻之余，刻画出生命最真实的一面，让你读着读着便不禁在心里勾勒文中女子的模样。

比如她写隐居在终南山的如是，"她揭开苎麻门帘，站在院中梳着头发，在鸟雀的鸣叫声中迅速地将黑发编成了长长的麻花辫。"并未正面描如是的长相，我却情不自禁地幻想着那该是一位多么绝然脱俗的女子呢！这正是她的高明之处，犹抱琵琶半遮面，让你想去念去。这感觉就像是一只燕子轻轻掠过湖面，并未撩起波纹，而看的人心里却有一圈圈的涟漪在扩散开去。

她并没有刻意铺设情节，一切都是自然而然的，用真实的温暖来牵动人心。听她缓缓地讲述着每一个故事，感受着故事中人物的喜怒哀乐，犹如进行一场洗礼，因为故事里充满了禅境与佛意，充满了爱与温暖，同时，也盛有对成长的满满思索。

她在讲故事的同时，还为我们铺展了一幅幅美景，并未浓墨重彩，却意蕴无穷。她写景，绝不单单是写景，而是将人与景相融，你从中可读到一个人的心性。她写充满灵气的终南山，写圣洁旷远的西藏，写宁静古朴的浦市古镇，写情意绵绵的凤凰古城……这些都是故事主人公生命状态里的一部分。"近处可见如丝带般的河流，河边有成片的绿色树木，路边有牧羊人赶着成群的小羊羔。"从小处着眼，更可感可亲了。我读到这一句，仿佛身临其境，见到了西藏小镇的寂静与寥廓。她的文字充满着深深的画意。

读罢《当茉遇见莉》，久久无法释怀，这几日来脑海里时时萦绕着书中的人与事。我为拉手风琴怀念母亲的女孩疼惜着，为爱旗袍如生命的沈阿婆艳羡着，为独居在北海道的母亲追忆着，为梦中人痴恋一生的苏曼青怅惘着。每一个故事里的人与事，都是深刻的，仿佛一定要深深地刻在你的记忆里，你的心里，才肯罢休。如果，你读了，你也一定会忘不了的。

我曾说过，她是用心去写作的作者。写的东西，必然是从自己心里流露出来的感情，看着她这些文字，仿佛看到一个个鲜活的人物。写故事不难，难的是能把故事写出味儿，让人看的时候能如同看到那些鲜活的女子，美好的爱情，特立独行的生活方式。

遵从自己的心，在这个残酷如瓦砾的世界中去寻找珍珠般的人儿，坚持又沉默地在世界各地纷忙。感谢李菁能把这些故事呈现在我的眼前，让我发现那些人，让我在浮躁的生活中感受到了一份清凉。

这本书有两大特色，一是感人的文字，真诚的感情。二是李菁自己为书拍了一部分的插图。

她学的是设计，年少时曾经整夜整夜地泡在画室里绘画，对于色彩和构图她都有自己的独到之处。我很喜欢她拍的图片，是那样美，恰到好处的美。会让人淡忘烦恼，看到美好。

她的良苦用心，成就了这本故事集。

在茉莉花开的早晨，小鸟在树梢上鸣叫，露水在草尖滚动，捧一杯茶，呼吸着带着草香的空气，喝着苦中回甘的清茶，看着这样一本书，真是人生中极享受的事情。

而这享受是李菁给予我的。

善良，美好的女子，总是难得的。

我也希望李菁这种难得的女子能走得更加顺利，走得更远，绽放出她所有的才华和光芒。

我相信那一天就在不远处。

湘西苗女。广东省作协成员，广东省文学院签约作者。现已经出版长篇小说 23 本。其中红娘子七色恐怖小说，已经成为中国恐怖小说读者的必读之物。《青丝》入选为 2008 年十大悬疑小说。作品远销至意大利、韩国、中国台湾、越南。因为在惊悚界成绩瞩目，被称为"惊悚女皇"。2014 年由她编剧的中韩合拍电影《怨灵》全国公映，取得不俗的票房。

你有远方，
我亦有梦

李菁

　　文字有着穿透光阴的力量，将世间的离合悲欢都定格在尘埃里，任世人评说。而心灵是一棵会开花的记忆之树，每一朵花开都蕴藏着一个远方的梦想，我用手中的笔，努力地描绘出眼中的大千世界，将梦想藏进一个个呼吸的瞬间。

　　我时常对身边挚友说，是写作改变了我的一生。

　　那些记忆都远了，在时光的阴影里结了灰，可这明明灭灭的悲喜在我的文字中被轻轻地扬起。只是回首的瞬间，一滴清泪悄然落在笔尖，晕染了那泛黄的岁月。

　　痛苦就像是衣服上的褶皱，我们总也无法将它抚平。但正如佛家的因果之说，痛苦与快乐互为因果，付出时有多痛苦，收获时就有多快乐。

　　写作就是在细数人生中的褶子。痛并快乐着。

　　一位写作者，他（她）首先应是一个乐于倾听的人，而后再把听到的故事用文字说给更多人听。

　　在台湾游学期间，我曾跟随几位台湾妈妈去台东乡间，她们乐观开朗，能用流畅的英语跟别人交谈，她们已经活得让人猜不出年龄。在返回台北的火车上，我一直在与一位叫做依贝的台湾妈妈交谈，在她尚且年轻的时候丈夫就因病去世了，这些年一个人把儿子抚养长大。在交谈中，她与我讲起她在北海道当义工的时候所遇见的人和事，一位日本母亲长久地独居在北海道的一片森林里，只因为思念自己逝去的孩子。说到最后，两人眼眶都浸润着泪花，有泪珠顺着脸颊滴落进心里，酸酸的，涩涩的。几个月后回到陕西，我写出了那篇故事《萱草的眼泪》。

写作者最幸福的事情莫过于用文字建立起了与读者之间的信任，从未相见的两个人，却可以因为文字生出一种别样的感情。那是文字带来的加持力。

自从第一本书出版之后，我时常会收到读者给我的留言，我在这些互动中感受到了人与人之间的美好情愫。

一日，我收到一位读者寄来的手写长信。

她在信中向我讲述了她人生中不幸的遭遇，借着昏黄的台灯一页页地读着她的信，她是一个在赌徒丈夫的不断伤害中度日的女人，读到她的痛，我的泪落了下来。她的故事让我想起了张爱玲小说里带着命运凉意的女人，她在信中写到在圆月下跪了一夜，我便想起张爱玲笔下的月亮，也是这样苍凉地亮着。当下我就觉得，一定要将她的故事写出来，这个世界总有一些人的苦是别人不知道的。《以南，不哭》就是写的她的故事，我想用文字来抚慰这些受伤的心。

常听人说，爱情并不是一个人的全部，我们无需因为失爱而将自己跌入人生的谷底。历经世事之后，也才了悟，若是能与相爱的人在一起，内心才能得到真正的平静，若不是，灵魂里的飞蛾总会在你生命里闹腾着，四处寻找那爱的微光，不得片刻的安宁。

人这一生都在寻爱的路上。

今年初夏，我去拜访了隐居在终南山的一对璧人。他们舍下城市的繁华与喧嚣，归隐山野，日出而作，日落而息。他们因循心中的那道光亮，过着平淡祥和的生活，男耕女织，种花养草，医病愈心，其乐融融。好一对神仙眷侣，这样的生活羡煞了我。我将他们的生活状态拍成照片发于网络，许多朋友都在惊叹，这繁芜的人世原来真的有人在过我们想要的生活。

许多人都问，他们如何维持生活？

她回答，其实在山中生活最大的付出不是金钱，而是时间。

在他们的院子里小住了几日，恍若隔世。回来之后用了一周的时间写下了《隐居在终南山的璧人》。

这么多年，我一直在听故事，经历着故事，我把它们整理出来，每个故事人物的身上，都留下了我的欢笑与泪水，即是这本短篇故事集《当茉遇见莉》，你总会在这个世界遇见另一个自己。相较急于用情节来吸引读者，我更愿意用一种说话的方式与你们讲起一些特别的人，特别的故事，他们的生活状态与生命状态是我更愿意去表达的。

我是一个爱书成痴的人，乘坐地铁、火车、飞机，我都会随身带一本书籍，只要坐下来，就会翻开书静静看，外界的一切嘈杂都像隔了千万道纱，我仿佛活在时间之外。哪怕是生病输液，我左手输液，右手也会翻动着书。这种漫长时日积累下来的习惯似乎成了一种莫大的能量，让我的人生在这阅读的过程中渐次改变。

如今，我已然从一个看书人变成了写书人。人生真是有吸引力法则的，你对某件事物爱得越深，它离你也会越近。当你把写作当成一种习惯的时候，不管你的生活有多么忙碌，你都能够为它空出许多时间。这源自内心的一种能动力。

一次参加作家的分享会，粉生坐在我的身边，皱纹与华发镌刻着她的年龄。

我们认识才不足两个小时。

她说："我也写小说，写了一辈子。写了一本本的长篇小说，名字都起好了，找过许多出版社，稿子都被退了回来。想着自费出版，又觉得出一本书太贵。我写了一辈子，也等了一辈子。"

我说："或许可以帮你向出版社的编辑推荐。"她原本黯然的眼里霎时有了光。粉生慌忙从随身的包里取出一个小本子和笔递给我，让我写下电话。我在那本泛黄的小本子上认真写下了自己的联系方式。递给她，她的手在微微颤抖。

片刻之后，她又把小本子从包里取出来，一页页泛着潮气的纸页被她翻得哗哗直响，如此反复却找不见我刚才留下的电话。她像一个孩子一般焦急。

我帮她翻到刚才的那一页，她看了之后折了下页角当做记号然后很放心地将本子放回了包里。

道别的那一刻，她看我的眼神亦是带着湿气的。我似是在她的眼里看到了她对写作最质朴，也最深入骨髓的热爱。

我不知渺小的自己是否能帮到她，但她那一句"我写了一辈子，也等了一辈子"却像刀一般刻在我的心上，生生的疼。

我知道这个世间还有许许多多与粉生一样的人，用一颗虔诚的心，做着一个永远都不愿醒来的文字梦。

多年前，我也是这样深情地写着，那时绝不会想到日后的自己会出版书籍，会拥有众多喜欢我的读者。今日想来，觉得冥冥之中似乎都有定数，因此我总是鼓励那些执着于写作而未实现文字梦的朋友坚持阅读与书写，也许就在不远的明天，那些看似遥不可及的梦，就会开花结果，芬芳四溢。

昨日，我收到一位读者的留言，她说，"当你的读者很幸福。"

看到这句话的时候我心里特别温暖。我一直相信，这世间最温暖的，依旧是人与人之间的情深意长。

能成为一名写作者，我很幸福。

如果人生是一棵生长的大树，对我而言，写作就是埋在泥土里的树根，绘画、设计、摄影、旅行、恋爱、工作都是枝干与枝丫，每一天的欢喜与哀愁都是一片片树叶。每一部分都会把来自天地万物的能量，传输给树根；而树根吸收、消化、蕴量成养分，又源源不断地将养分反哺给每一根枝丫，每一片绿叶。枝繁叶茂，绿树成荫。

写作于我是点燃人生的火把，我会用一生的执念去燃烧，将人生路上的点点滴滴都磨洗揉匀，窑变成瓷器。一如美丽的青花瓷，等待着雨后天青色，这是我一生的追求。

我愿这样写下去，直到终老。

静 安 与 丹 木

1

这座城市在四川的东部，冬天降临的这会儿，格外的寒冷。校园里的梧桐叶簌簌地落了一地，凄清而惆怅。

那一天晚上，丹木参加了一个同学聚会，喝了许多酒。酒喝得太多，记忆里的海藻也浮了上来。

他又想起了去世不久的姑姑，那个才二十几岁的羌族女子，因为一场车祸，永远地离开了这个世界。

想起姑姑，他的内心就开始揪心地痛起来。把苦涩的酒大口大口地灌进了肚子里。

深夜，回到校园。他喝得有些醉了，走路摇摇晃晃，头一阵阵地疼。他给那个心爱的女子打电话，让她陪自己。在他最难过最伤心的时候，他唯一想到的人，是那个叫做葛静安的女子。丹木深深地爱着她，很爱很爱。只是，一年来，静安一直在拒绝他。

一个羌族的小伙子，爱上一个汉地的女子。这份感情，既美好又疼痛。

在校园僻静的角落，他在静安的身边啜泣起来。身体因为寒冷与掉眼泪而不停地颤抖。那一刻，他多么想念他的姑姑。

他一边哭一边对静安说着，"你知道吗？我的姑姑才二十几岁啊。那么年轻。可是她却走了，再也不回来了。她还有一个三岁的儿子，还有爱她的亲人，可是，她就这样走了。"

因为醉酒的原因，他说得有些语无伦次。

也只有在静安的面前，他才会哭得像个孩子。他从未在她的面前掩饰过他的悲伤，甚至，他愿意把自己所有的往事都说与她听。不管是快乐还是痛苦，他都愿意静静地说给她听。他知道善解人意的她定能懂得。

丹木曾经在某个深秋的夜晚与静安说起那段关于"5·12汶川地震"的回忆。丹木告诉她，地震过后，灾区缺少食物，他们一整个班喝一脸盆的牛奶。一个同学只能喝一口。轮到他喝的时候，他直接把装着牛奶的盆子递给了身边的同学。他知道，在灾难面前，人应该舍弃小我。

与静安吃饭的时候，丹木告诉她，地震后，他连续饿了几天几夜。当他终于回到家的时候，第一件事就是吃了满满几大碗的冷饭。所以，他越发懂得了珍惜。

他曾经把一沓老旧的照片送给静安，他告诉她，这沓相片是地震后，他父亲在废墟里找回的仅存的珍贵记忆。他太爱这个女孩，所以才会心甘情愿地把自己最珍贵的东西给予她。

在这寒冷的夜晚，他的泪落了一地，那一刻，静安心疼他，却又有些不知所措。只有小心翼翼地为他擦眼泪，一遍遍地安慰着他。

他用羌语哽咽地说，"静安，你知道的，我一直爱着你。"

"一直都爱。"丹木把脸抬起来，认真地对她说道。

2

关于静安的一切，丹木都小心翼翼地珍藏在了灵魂的最深处。

他是在去年的那个初冬爱上她的。那一年，他们都只是二十岁的年纪。都是冬天出生的孩子，怕冷。丹木比静安大两个月。

爱上她，起初是因为她的声音。她是校园广播站里的播音员，声音温暖恬静。每当她播音的时候，他都会在校园的某一处静静地聆听她的声音，仿佛是来自内心的慰藉。他通过学校的大喇叭听她的播音，听她讲述关于西藏的故事，听她缓缓地读着动人的文字。那一刻，他觉得静安就坐在他的面前，他在小石凳的这端聆听着她的低声耳语。

他亦喜欢她的笑容，她笑起来的时候，纯净美好。

对静安而言，他只是一个特别的少数民族男孩，一个普通的异性朋友。而静安于他而言，却如同雪域高原的雪莲花，圣洁，遥远。

丹木总是觉得，静安不像一个从小在城市长大的女孩，她身上的许多特质更像一个少数民族的少女，纯净、恬淡、勤奋。她喜欢看书、画画、播音。喜欢用自己的文字记录生活中的细微美好。在大学里，静安总是努力地去追求自己的梦想。丹木喜欢的就是这样的女孩，细致、温柔、独特。只是，于他，太过遥远。仿佛是在云端，而他，只能仰着头努力地守望着她。

他爱她，这爱已经深入骨髓。

寒假，丹木回到了老家。家乡的冬天白雪皑皑，白日里，他在高原上唱着根呷的歌，说着羌语，夜晚，与亲人们围着大火跳着欢快的锅庄舞。在夜深人静的时候，他会情不自禁地想起那个汉地的女子。想起她的笑容，想起她的声音，他的内心就会感到温暖。

丹木知道静安喜欢藏族的饰品，所以在回学校以前，他去了文成公主驻足的藏区，为女孩买了刻了藏文的银色手镯，一把牛角梳和印有经文的哈达。想到女孩收到礼物时脸上露出的喜悦表情，他的心里就觉得幸福。

他还让阿妈做了一双绣花鞋，他想把这双羌族的绣花鞋送给静安。送给他最爱的人。

回校前，因为做绣花鞋的工序比较复杂，所以还没有完全绣好。他想只能下次再带给她了。他看见阿妈因为纳鞋子，手指上都磨出了茧子。他心疼他的阿妈，阿妈却笑着说，"没事的。你放心，阿妈会尽快给你的朋友做好。"

那个傍晚，丹木把这些珍贵的礼物递给了静安。不知道是因为寒冷还是因为内心的紧张，他给静安戴手镯的时候，手在微微地颤抖。平日里他是一个开朗洒脱的羌族小伙子，可是在静安面前，他会不由得紧张，甚至害羞。也许，爱一个人才会这般小心翼翼吧。

静安接过丹木的礼物，感动并喜悦。她不知道眼前的这个人，为了去藏区给她买东西，辗转坐了多久的汽车。她不知道他对她日日夜夜的牵念与疼惜。她更不会知道，他有多么爱她。

她只是感动，并且微微地欢喜着。

3_

丹木觉得自己陷入了一片爱的泥沼。他越用力地想挣脱出来，反而越陷越深。那些为爱所付出的一切只有他自己知道。

他开始坚持每天写日记。日记里全是静安的名字，全是有关于静安的点点滴滴。她今天穿了红色的衣服，她今天戴了新的发卡，她今天对自己微笑了，她今天给自己回了一条不长的短信……这是一个少年应该去做的事吗？这分明是一个少女在情窦初开的时候才有的用心与牵念啊。可是，他却心甘情愿这样记录着他与她的每一次遇见，每一次谈话，每一次微笑。

他无处倾诉自己的爱，只能付诸笔端。他只是写给自己看，一遍遍地温习着他对静安最真挚最深刻的爱。

阳春三月，细细的雨丝带着花香飘落了一地，细软、黏稠。丹木鼓起勇气，请静安去看电影。静安总是那么努力地学习，清晨很早起来看书，晚上直到凌晨才睡下。他心疼她，想让她看一场电影，放松一下。

静安答应了他。

那个晚上，他们在电影院里看了一部3D电影《爱丽丝梦游仙境》，一场关于梦的旅行。他听见静安在身边发出银铃般的笑声，他的心里觉得踏实，快乐。只要能带给她快乐，他自己也是幸福的。

回来的路上，他们逛了夜市。静安在一个卖耳环的地摊上驻足了良久，让丹木给她挑一副好看的耳环。他拿起一副副漂亮的耳环在她的耳垂边比划着，十分认真。最后，他为静安选了一副红色的吊坠耳环，戴着，分外的喜庆与夺目。

他为静安做的每一件事都是极其用心的，不敢有丝毫的怠慢。与她在一起的每一分每一秒，他都觉得异常珍贵。

那个晚上，他用手机发去了很长的一段话，他终于按捺不住心底的爱了。丹木勇敢地告诉静安，其实，他一直喜欢她。

毫无疑问，他遭到了静安的拒绝。静安的理由是，她只想在大学里努力地追求自己的梦想，不希望一份多余的爱情阻碍了她奋斗的脚步。她是这样一个目标明确的女子。

丹木虽然知道表白后会有这样的结果，但是他的心还是痛了。他是真的爱她呀。一个晚上，他辗转反侧，无法入睡。他还是决定，哪怕她不接受他，他也要执拗地爱下去。遇见一个自己真心疼爱的女孩是多么难，既然遇到了，就要坚持下去。

他依然坚持每天在日记本里记下对静安的爱与思念，那是他唯一可以倾诉的对象。他仍会时常给静安发短信，每一次都很用心地编辑，内容很长很长，一字一句都发自肺腑。静安从未主动给他发短信，只是在他发过短信很久之后，才回过来一两句简单的话语。再短的话语，只要来自静安，丹木就会满足与快乐。哪怕只是两个字，他也舍不得删，视若珍宝。

班里组织一场晚会，每人发了一个苹果。一个小小的苹果，他都舍不得吃，而是将它满怀真挚情意地递到了静安的手中。

丹木心里明白，他们之间隔着太远的距离，有着太多的不同。不同的民族，不同的文化，不同的家庭。可是，他不怕这些差异。只要还有一丝的希望，他就愿意一直等下去。

他一直相信。只要有爱，就会有奇迹。

4

他等待着奇迹。可是，奇迹一直没有在他的身上降临。他所承受的反而是更多的苦痛。

六月初，丹木觉得自己的鼻骨很痛。去医院检查，才知道是自己小时候摔了一跤，碰了鼻子，留下的病根。医生说，要做手术。

一个人在病痛的时候，越发显得脆弱，越发地渴望被爱。在他做手术的前一天晚上，他忍着痛给静安发去了一条很长很长的短信。

"静安，还好吧？这几天雨下疯了，让我很孤寂。遇见，本来就是一件不确定的事情。在你平静的生活里，来左右你的情绪，打乱你的计划。但正是这样的不确定让你对生活有了勇气、信念和信心。因为你不知道，就在一瞬间，一个人会毫无准备地来到你的生活，让你呼吸错乱，让你爱到骨子里。你会因为她的快乐而快乐，会因为她的伤心而伤心，你会毫无理由地对她好，毫无怨言地关心她。即使她，没有感觉到。你会很努力很努力地改变着自己，很辛苦，但不会感觉到累。一个人的时候你会想起她，夜深的时候你会挂念她。你的每句话他都会很在乎，你的每个微笑他都会感到温暖，你们在一起的分分秒秒都会成为他生命里的一部分。静安，遇见是美丽的，即使要承受很多苦痛。明天上午我就要做手术了，这是我今晚的温暖。晚安。"

手术很成功，他在昏迷中也会感到鼻骨的阵阵刺痛。手术后的他浑身无力，他知道，他想念她。

第二天，静安提着水果来看望他。那一天，她穿着白色的长裙，头发微微地卷曲着，披在双肩。他觉得，静安就像天使一样。见了心爱的人，他的病痛瞬间便好了一大半。

静安坐在床边给他小心翼翼地剥荔枝，然后将荔枝雪白的瓤喂给他吃。丹木想喝水，她就将白开水倒在碗里，用勺子一点点地喂给他喝。那一刻，丹木觉得自己就像一个被宠爱的孩子。

静安不敢对他好，怕自己一旦对他稍有关怀，就会让他错以为是爱。她怕这个爱自己的人会越陷越深。他不同于曾经爱过她的任何一个男孩。他真诚、朴实、坚毅、善良，爱得至情至真。静安只是喜欢这个男孩的性情，但是，那不是爱。她害怕伤害，所以执意拒绝。

之后的那些日子，静安没有再去医院看丹木。哪怕她的心里是牵念他的，她也不敢。有天晚上，丹木打电话给她，他在电话那头说，"静安，你穿裙子的时候，真美。等我出院了，我要给你买一件最漂亮的裙子。"

静安急了，一再地拒绝。她说，"你不要买，买了我也不会穿的。"她真怕欠他更多的人情。

在丹木承受着病痛的时候，他的脑子里浮现着的依然是静安的面容。他还在想着，怎样做，才能带给这个心爱的人更多的幸福。真心爱一个人了，就是这样的固执。不爱，也一样固执。仿佛是一场内心拔河，谁也不肯松了手中的绳索。只怕，一松手，事情便朝着相反的方向发展了。一个人，站在这端，唯恐失了爱；另一个人，站在那端，只怕爱上了。这感情的事，便是这般肝肠寸断。

5

丹木出院的时候，正是栀子花盛开的时节。走在校园的小径上，阵阵清香沁人心脾。丹木知道，静安喜爱这芬芳洁白的花朵。

那一天去逛街，看到一位老阿婆在卖栀子花。一束束洁净的栀子装在竹编的花篮里，花瓣上的露水晶莹剔透。他想到了静安，便走上前去，买下了一束。

回到学校，他找来塑料瓶，装上干净的水，将那束洁白的花朵插在瓶子里。看着这洁净的花朵，他好似看到了珍藏在他内心深处的爱情。他对静安的爱，也像这洁白的栀子花一般，干净、纯洁，带着芬芳。

深夜，他把静安约了出来。在学校图书馆外面的竹林里，他从身后取出用塑料瓶装好的栀子花，小心翼翼地递给了静安。他的手又在不争气地颤动了。

他说，"知道你喜欢栀子花，便买了一束给你。"

静安满怀喜悦地接过栀子花，内心却无端地感伤起来。丹木对她越好，她对他越怀着愧疚之心。

她告诉丹木，她的心里一直有一个爱着的人，她忘不了那个人。

丹木执起她的手，眼神坚定。他说，"静安，我会等你。等你与我在一起。"他在黑夜里为她轻声地唱着羌族的情歌，眼里含着热泪。

哪怕这爱没有希望，他也无法回头了。心里有再多的苦再多的累他都能扛住，只要静安能让他等着她，就已足够。他知道自己不同于身边的男孩，他对静安的爱也不同于别人。她的眉目，她的一颦一笑，她的举手投足，早已深深地镌刻在了他的生命里。他是在用整个生命来爱她呀。

睡前，他又给静安发了一条饱含真情的短信。

"静安，你知道吗？我想带你去看雪山，在大雪纷飞的时候；我想带你去若尔盖，去亲临九曲黄河第一湾的磅礴，在格桑花开的时候；我想带你去塔戈草原，飞驰在羊群的歌声里，在薰衣草盛开的时候；我想带你去康定，去跑马，去聆听康定情歌，去触及美丽的爱情故事……这些时候，带上你的画板，带上相机，带上微笑。为何不能这样呢？只要你愿意，我们一定会到那些美丽的地方，去爱琴海，去天涯海角。校园里，满是栀子花的芳香。我等你，没有理由。"

很快，暑假到了。为了送静安上火车，他没有与同伴一起回家。当然，他没有告诉静安这些，只说没有买到回去的火车票。

静安离开的那个晚上，丹木去送她。他在月台上轻轻地拥抱了她，很笨拙的拥抱，却是源于内心的深爱。

火车靠了站，他拉着静安的手向静安所在的车厢奔跑着。他只是想保护着她，一直这样疼爱她。

火车发出了轰鸣声，丹木透过车窗看着他心爱的女子，内心竟是百感交集。火车开了，他给静安发去了短信，"其实，之前没有买票，是因为想送你。只是不想让你知道，所以一直没这样说。现在，我踏实了许多。"

6

几天之后，丹木也坐上了回四川阿坝的火车。

他没有直接回家，而是被父亲安排去了一个深山做工。每天早晨五点，他便起床为工人们煮饭烧菜，很是艰辛。

高原上很冷，他没有厚的衣服，闲下来的时候，只能颤抖着身子躺在床上。一躺下来，他便开始思念静安。他在想，这一刻，她在做什么呢？是在看书吗，还是在安静地画画呢？静安在他的心里永远都像一朵盛开的栀子花一般，洁净，芬芳，让他着迷。

他试图给静安打电话，但是因为高原上信号不好。总是说了几句就匆匆地挂断了。

他给静安买了一条藏式的项链，一幅布达拉宫的画，一张西藏的航拍海拔图。他知道静安的内心一直向往着那片圣地。那张西藏的航拍海拔图上全是藏文注的地名，丹木怕静安看不懂，他就把它全部翻译过来，把汉字写在小标签上，再一一贴在上面。做这些事情的时候，一位藏族的老爷爷一直帮着他。只要能带给静安快乐，他什么都愿意做。

在藏区的那段日子里，丹木每天转动着一排排的转经筒，一次次地围着佛塔祈祷。藏族的老阿妈说，转经筒会给人带来爱与幸福，会实现心中的梦想。

只是他不知道，不是他坚持，她就在；不是他爱，她就来；不是他等，她就候；不是他付出，她就懂。爱得越深，注定伤得也就越深。

那天早晨，他像平常一样忙着给工人做饭，突然接到了静安的电话。他喜出望外，但是电话那头熟悉的声音却对他说，"丹木，我已经与我爱的人在一起了。不要再爱我了，我们还是做朋友吧。我们是不会有未来的。"

他不知道是怎样挂断了电话，他只觉得心中翻江倒海般的难受，一瞬间，眼泪倾泻而下。他的心里想起了很多很多，想起了送她栀子花的时候，她露出的喜悦笑脸，想起了在他生病时，她一勺一勺地喂他喝水，想起了她听他讲述往事时，泪湿的眼眶……它们像搅乱的麻绳一样捆绑着他的心身，让他近乎窒息。

原来，最真的心是会流下鲜血的。

他感觉到冷，躺在床上，瑟缩着身子。眼泪落满了脸颊。

7

失爱的痛，像针刺着心脏。走一步，就会钻心地痛。但是，他能做的，唯有把痛藏在心底，勇敢地生活下去。

高原上下了一场好大好大的雨，丹木的衣服湿透了。这雨水让他感到无尽的怅惘，心里也潮湿了一片。这段日子，他常常一个人去深山，去寻找儿时的快乐。去看花开花落，他是那样的孤单与沉默。

有时候，他会蹲在小溪边聆听溪水流动的哗哗声。一听，就是很久很久。

他的心里一直有静安的面容，挥之不去。他不恨她，一点都不恨。他知道，这世上的爱是不能强求的。他也不后悔自己爱上了她。他用尽了所有的力气去爱她，这一辈子，他也只会去爱她一个人了。

他忘不了她。哪怕，这一刻，她已与她爱的人在一起了。

那一阵子，他的精神总有些恍惚。有一次，因为开车前忘了检查刹车，差一点出了车祸。经历了地震，经历了人生中的生离死别，他早已对自己的生死看得很淡了。他并不畏惧死亡。他畏惧的只是，他深爱的人根本就没有爱过他。

回校前，姑姑因为车祸永远地离开了。所有的疾苦都聚集在了一起。他不敢在人前哭，只是在角落里默默地掉眼泪。在姑姑的灵堂前，他跪在地上，给每一个走进来的亲人磕头，内心早已痛到麻木。收拾东西返校，阿妈说，绣花鞋做好了，在衣柜里。丹木拿起绣花鞋放在书包里，却又拿出来放回。绣花鞋本无情，只是送鞋的人有情，接受鞋的人若是不懂，那又何必委屈了那双绣花鞋呢？

他把那条藏式的项链、那幅布达拉宫的画、那张西藏的航拍图、那双鞋一起留在了高原。留给了那片洁净的天地。

8

开学了，校园里到处都是欢声笑语。丹木快乐不起来，他的心一直沉在痛苦里。

他在想，若是在校园里碰见了静安，他一定转身离开。

可是，当他有一天真的在校园的林荫小道上碰到静安的时候，他的脚步却再也移不开了。静安还是像往常一样对他微笑，但是眼里有掩饰不了的忧伤，他也木讷地报之以微笑。

这微笑，将他压抑在内心里的情愫又溢了上来。他又怎能佯装不认识？

后来，他得知，静安与她爱的人分手了。

他不需要了解他们的故事，他更不需要了解他们分手的原因。他只知道自己还深深地爱着她，就如同爱着自己另一半生命。

他还是会在每天睡前写下关于她的日记。这个习惯，从去年的冬天，一直坚持到了今年的冬天。他对静安的爱，也整整持续了一年。他依然在等待，等待着静安接受他的爱。

静安去聋哑学校看那里的残疾儿童，他也跟着她去，为她做苦力，帮她提东西。看着静安在小朋友面前快乐天真的样子，他感到欣慰。因为，这个女子，是他深爱的人。她的善良，她的优秀，她的努力都是属于他的骄傲。

静安给大一的学弟学妹上诗歌朗诵技巧课，他专程跑去听。她在讲台上绘声绘色地讲说着，沉稳且优雅。他心里觉得欢喜，但是他一直不敢抬头看她。只是低着头认真地聆听着。静安为大家朗诵诗歌，关于地震的诗歌，他的眼眶瞬间就湿润了。这是他爱的女子呀，多么贴近他的内心。只要有她在的地方，他的灵魂就不会荒芜。这魂牵梦绕着的爱，是苦亦是甜。

冬天又到了。他去超市买东西，会带回来一大袋新鲜的苹果给静安。他说，风大干燥，多吃点水果对身体好。

去逛街，看到一条大红色的围巾，便买回来满心欢喜地送给静安。那红，几近艳俗。但是他就是觉得静安戴着好看。

他对静安的爱从未改变过。

他开始在一个藏族朋友那里学藏语，他与静安有一个共同的心愿，就是去西藏。他热爱藏语。他想，等他把藏语学会了，就去西藏支教。

学了一阵子藏语，他便在纸上用藏语工整地写下仓央嘉措的情诗给静安。这其中，饱含着太深太深的爱。

静安终究被丹木的真心打动了。遇见许多人，经历过许多故事，最终发现，丹木才是这二十年来最爱她的人。

谁会像他一样，爱你爱得入了骨髓？

9

这些回忆在丹木的脑海里放电影一般掠过。

他深情地看着眼前的这个女子，重复着那句话，"静安，我一直都爱着你。"

静安的眼泪轻轻地落了下来，说着，"我知道。我知道。"

"没有人，比你更爱我。"

那一刻，丹木紧紧地拥抱她，似乎再也不愿放开。

这年冬天，静安终于接受了丹木的爱。为了丹木，她学着织围巾，学着纳鞋垫，学着煮饭做菜。她在想，丹木曾经有多爱她，她便要加倍地对他好。

丹木与她一般高。为了他，她不再穿高跟鞋，总是穿着布鞋。在被爱的同时，她已经渐渐学会了爱。她想感谢这个羌族的小伙子，让她拥有一份最为真挚最为恒久的爱情。

后来，丹木把那双阿妈做的绣花鞋亲手穿在了她的脚上，不大不小，刚合适。

大学毕业以后，丹木与静安去了西藏的一个偏远小学支教。丹木教孩子们数学、语文及英语，静安教孩子们美术音乐。学生们都亲切地唤他们"阿爸""阿妈"。他们给那里的孩子们带去了更多的爱与希望。

高原的条件很艰苦，每天睡在帐篷里。下雨的时候，必须撑着伞才能睡觉。平日里只能吃糌粑与酥油茶，身体缺失了太多的营养。相比内地，他们承受的苦要多得多。但是他们愿意在自己有限的时光里为了爱的土地，奉献自己最珍贵的青春与生命。

他们在拉萨的大昭寺朝拜，在塔戈草原骑着奔马歌唱，在雪山上

031

看大片大片的雪花落在掌心。静安永远是丹木生命里的那朵雪莲花，圣洁、芬芳。

以后的路还很长很长，但是因为彼此懂得，彼此珍惜，再艰辛的路途都会铺满爱的花朵。

要相信，只要有爱，就会有奇迹。

再见，雪莲花女子

1

清晨六点钟，远涵坐上了从拉萨开往桑耶镇的大巴车。车上有许多藏族人，他们的身上夹杂着糌粑与甜茶的味道，气味浓烈。

此刻的拉萨依旧被夜雨笼罩着，四处亮着路灯。他坐在车上靠后的位置，早餐是在路边买的鸡蛋饼，吃完早餐便将外套罩在脸上，隔开光与空气中混杂的各种气味，以便更快地进入睡眠状态。

从睡梦中醒来已是两个多小时后，一缕刺眼的阳光偷偷的从没有拉严实的窗帘细缝里透进来，刚好照在他的脸上。这时他才意识到罩在脸上的衣服不知什么时候已经滑落，空气中混杂的各种气味似乎也淡了一点。他揉了揉眼睛，捡起脚下的衣服，拨开窗帘看向窗外，车正驶过山南地区泽当镇。

小镇的清晨是美好的，淡淡的阳光，静静的街道，想必是由于地理位置的原因，太阳出来得较晚。此时街道两旁的铺面尚未营业，路上行人也很少，显得十分寂静。他看到藏族人用砖砌的房屋，大都不会超过三层，窗棂与屋檐有手绘的彩色纹样，店铺的招牌有汉文亦有藏文。

大巴车驶出街道后，视野逐渐开阔。远处峰峦叠嶂，山中白色云雾缭绕，城市的繁华与喧闹随着车子的前行被拉得越来越远。近处可见如丝带般的河流，河边有成片的绿色树木，路边有牧羊人赶着成群的小羊羔。

接着车驶过孜隆山，目之所及尽是荒山秃岭。亦可看见大片沙化的山丘，严酷的自然条件限制了许多植被的生存，只有为数不多的超旱生半乔木和灌木顽强地生长着。

车抵达桑耶镇汽车站后，他转乘了去往青朴修行地的班车。藏族阿佳的头饰让他着迷,粗粗的辫子上镶着绿松石与巴珠。车在高山上蜿蜒行驶,海拔越来越高。抬起头向上看,云雾近在咫尺。

班车停在了山脚,他下了车,问路旁的藏族老人青朴修行地如何前往,藏族老人一直摇着头,示意他不会说汉语。

"我也去青朴修行地,你跟着我走吧。"一个刚从车中走下来的年轻女人对他说。

这个年轻女人穿着藏红色的棉麻连身裙,宽大且长,裙角及到脚踝,白棉麻无袖外衣。长长的头发蔓延到腰际,似茂盛的吊兰。她对他微笑,眼睛像一弯月牙。她的眼神中是带着善意的,有着温和的光。

他们结伴走在了去往修行地的山路上。

"我叫远涵,你呢?"

"薇莲。"

"真好听的名字,让我想起了盛开在高原上的雪莲花。我是西安人,还在读大二,趁着暑假来西藏旅行。"

"那你应该才二十岁吧,多么好的年纪。我比你大八岁呢,你可以叫我薇莲姐。我在云南束河古镇开了一家棉麻的服饰店,这次来西藏,是为了去阿里转山。"

······

一路上的交谈,他们渐渐地熟络起来。

2_

他们先行至青朴寺,再沿着寺庙后方的山路向上走。山势陡峭,蜿蜒曲折,空气也越发的稀薄,越往上走越是气喘不断,此刻的海拔已是四千三百米。他们停下脚步歇息一会儿,远涵双目远眺,此处三面环山，山谷正南面敞开处正对着雅鲁藏布江的宽广河谷，景势巍峨壮观。由于深居大山深处，江水不食人间烟火般地激扬着，茂密的植被也纯真地吐出嫩绿。如此寥廓的美景，使得他忘却了路途的艰辛。

路途中除了美丽的风景还有漂亮的五彩风马旗，窄小崎岖的山路上还会不断遇到去转青朴修行地的虔诚藏民。有白发苍苍的老人，有风朴沧桑的中年人，还有稚嫩纯真的小孩，他们都是一脸的虔诚，目光纯净而坚韧。每每遇见他们，薇莲总会停下脚步，双手合十，低眉微笑地说声"扎西德勒"。与此同时，这些藏民也同样报以和善的微笑与相应的礼节。

登至纳瑞山腰，便到了青朴修行地。此地有一百零八个修行洞，每一处修行洞都充满了厚重的历史沧桑，流溢出殷殷佛意。四周都是先行修法者遗留下的彩色的经幡与玛尼石，以及生生不息的慈悲精神。历代以来众多高僧大德和凡夫俗子都将这里当成修身悟道的圣地。

他们走进第一个修行洞中，洞内光线昏暗，一位年长的喇嘛盘腿端坐着，手中转着转经筒，口念六字真言。面前是一叠厚厚的经书。洞内摆设极为简单，正中间挂着莲花生大师的画像，酥油灯在幽暗中散发出微光。喇嘛给予他们每人一杯水，喝在嘴里甜甜的，似乎是甘露水的味道。薇莲把昨日在桑耶寺求得的加持黄布条献给了老菩萨一条，他们又各自取出一些零钱放在桌子上，拜了莲花生大师，然后走出洞内。

沿着山路走进一个又一个修行洞，洞中的修行者面貌不一，但那颗唯虔唯诚的心却让远涵为之敬叹。修行者隐匿在这一片神圣的山野之中，日夜与大自然，与风马旗，与经书为伴，安于清贫，执于信仰。青朴修行地保留了一种原本纯真、清明、庄严的朴素。

在最美的山顶垭口他们遇见了一位年轻的阿尼，她的修行洞中有数位圣尊脚印。她稍微会说一些汉语，告知他们已经在洞中住了三年，并且会一直住下去。远涵问起修行洞的由来，她说寺院分给的，有一些是自己修建，大家一起帮忙把建筑材料背上山。他们盘腿坐在她的榻前，时而听她诵经，时而和她聊天，有一搭没一搭。她那么美，活像一尊菩萨。

下山的时候，遇上了大雨。他们在一个修行洞内等雨停下来后又继续上路了。大雨过后，本就狭窄崎岖的山路变得更为泥泞，难以行走。薇莲穿着绣花鞋，走在泥地上老是打滑，有好几次都差点跌倒。远涵走在前面，不住地回头看她，叮嘱她要小心点。他很想伸手去扶她，可是他想着毕竟是陌路相逢的人，这样未免会有些唐突。

他突然想起了什么，从包里取出雨伞，并把伞的一端递给她。说，路太滑，你抓紧它，我用这个带着你走。

赶回桑耶镇的时候，已是傍晚，镇上已经没有回拉萨的班车。他们只好选择走回去，顺便碰碰运气，看能不能遇到顺风车。

走着走着，一片金黄色的麦田映入眼帘，麦田旁边还有一间独门小院儿。门口写着旅馆及联系电话，因为地方略偏，并没有住客，从铁门望去，小小的院子，只有一间房，几个铺位。抱着试试看的心态拨打了电话，25元一张铺位。

天色已晚，走回去是不可能了。两个人，整座小院，还能守望桑耶寺与麦田。他们留了下来。

晚上，六人间的房间只住着他们两个人，其他四个床位都空着。薇莲的床就在他的对面，他们之间的距离只有两米。

夜，静悄悄的，只听到窗外的雨声，滴滴答答，仿佛永远都下不完。空气里散发着麦子和泥土的味道。

"你睡了吗？"远涵轻轻地问。

"没有。你也睡不着吗？"

"我可以在薇莲后面不加上姐姐吗？虽然你比我大几岁，但是我觉得你就像小孩儿一样，有一颗孩童的心。"

停顿了一分钟，他接着说，"你让我有一种想要保护的感觉。"

"行，那你就叫我薇莲吧。"他在黑暗里看不见她的脸，可是她的声音让他知道，她一定是微笑着说出那句话的。

"你觉得那些山中的修行人苦吗？"他问。

"说到清苦，也只是对于在家人，人因有欲而觉得清贫难忍，而真正隐居深山的修行人，除去灵性修行，是与自然为伴。他们早已不愿意再回到世间，蹚这无穷尽的浑水。路上与朝圣的藏民或阿尼碰面，相互微笑致意的时刻都如同洗礼。"薇莲的每一句话都如此入心。

不知为何，身边有这样一个特别的女人相伴，他觉得安稳。远涵似乎能够听到她熟睡后发出的均匀呼吸，这呼吸混合着泥土与麦子的香味一起钻进他的体内。他枕着松软的枕头，却久久无法入睡。

此时，窗外的雨似乎下得更大了些，雨水滴滴答答，亲吻着大地，敲击着他的心房，也敲进了他的记忆深处。多年后的雨夜，他无数次地梦回此景。

3

次日清晨，他们坐上了返回拉萨的班车。五个小时后，他们回到了圣城拉萨。午后的拉萨日光强烈，但是天空湛蓝如洗，让人见着就会心生愉悦。

"薇莲，这之后，你在西藏还有什么打算吗？"远涵小心地问。他心里似乎对这个女子有了一份依恋，他希望自己能跟随在她身边。

他被她身上独特的气质所吸引，那气质带着一种野生的自然张力。

"还会在拉萨停留几天，然后去往阿里，转冈仁波齐神山。"

"我没有带边防证，无法进入阿里，并且我已经买了几天后回西安的火车票。你在拉萨的这几天我可不可以跟着你？"远涵的话语近乎一种乞求。

"可以啊，我的身边还多了个保镖呢。"

"是最帅的保镖。"远涵戴上墨镜说。

薇莲看着他装酷的样子，笑得直不起腰。

薇莲带着远涵去了拉萨的一个集市，她说，"想要买鱼。"

远涵问她，"是否想在午餐的时候做鱼。"

她说，"不，是放生。"

买好了鱼，薇莲引着他来到了拉萨河边，河边的石堆上挂着五彩的经幡。薇莲将鱼儿从塑料袋里放出来，那些鱼在水中扑腾了几下，然后四散游走，有一种重生后的欢愉。有一条小鱼夹在了岸边石缝中，她将它轻轻捡起，然后再次放入河水中。

"你会经常放生吗？"他问。

她微笑地说，"是的，因为这也是一种慈悲。"

"你信仰藏传佛教？"

"信仰。会去读一些关于佛理的书，每天坚持打坐，喜欢去大自然中打坐，使身与心都得到清净。"

"从什么时候开始的呢。"

"因为几年前，我出了一次事故。喝醉了酒，从五楼直接摔下来，没有失去生命，只是肝脏破裂表皮挫伤。因为曾如此近距离地接近死亡，所以康复之后开始与藏传佛教结缘。他让我懂得生命的真实意义，并找到了自己最本初的慈悲心与善心。"

远涵在薇莲风轻云淡的语气中，感受到了生命的坚韧，以及寻找生命本真的路途。

薇莲带着远涵去了八廓街的玛吉阿米餐厅吃午餐。沿着窄小的楼道走上去，远涵发现餐厅里早已人满为患，他问一旁的薇莲，"为何这家餐厅生意这样好？"

薇莲说，"玛吉阿米，藏语中即'未嫁娘'之意。玛吉阿米这个名字，出自六世达赖喇嘛仓央嘉措的情诗，相传是仓央嘉措情人的名字。这里是当年仓央嘉措与玛吉阿米幽会的地方。"

餐厅有着浓郁的西藏风情，他们品尝了菠菜奶油汤、青稞饼酸萝卜牛肉、藏家水汽粑粑浇羊肉块、土豆馍馍、酸奶糌粑丸子。还喝了清茶。

他觉得糌粑的味道有些不适，可身边的薇莲却吃得很满足。他好奇地问她，"藏族人的食物你吃得惯吗？"

"很好吃呢，其实人与食物之间也是有着缘分的。"薇莲一脸肯定地回答道。

吃完午餐后，他们逛八廓街。

薇莲告诉他，"来到一个地方，首先应了解当地的文化，要不然只能是走马观花的看客，无法入心。

"了解拉萨，应先体悟属于这个地方特有的建筑。你看，这里房屋的墙大都是白色的，是因为白色代表了藏民心中最神圣的雪山。"

4

她没有带他在人声喧闹的八廓街停留太久，而是带他去了附近的老巷子。

她一边拍着藏式的窗子，一边对远涵说，"相比八廓街的喧闹，我更喜欢一个人带着相机逛逛附近的古巷子。上次无意间走进一个名叫'贡桑孜'的居民大院，被里面的建筑所吸引。院子里种满了花卉。几个藏族小孩从下午一直陪着我到夜晚。在古院里与藏族的小孩们聊天，给他们拍照，看他们跳皮筋。彼此之间有了信任。小孩们告诉我他们的名字：尼玛卓嘎、白马仁增、次仁卓玛、晋美旺扎、贡嘎、赤列玉珍、旦增次央。喜欢他们纯真的大眼睛。尼玛卓嘎十二岁，在这群孩子中数她最大。她善良，懂礼貌，会说汉语。在与孩子们的交谈中她为我翻译，还送给我几个玩具戒指。晚上大家坐在院子里说话，他们教我说藏语，给我唱藏歌。怕我找不到回去的路，他们一直送我到巷子外，将我送上巷子外的出租车，他们在后面大声地问，阿姨，明天你还会再来吗？一定要再来找我们玩，好吗？"

远涵笑着说，"为什么要叫你阿姨？应该叫你姐姐，漂亮姐姐。"

"姐姐？我比他们可大了将近二十岁呢。若是姐姐，也是老姐姐了。"

在路上薇莲看见一个趴在地上的藏族小孩，她笑着叫小孩宝贝，双腿跪在地上，取出相机拍下了孩子欢笑的脸。小孩的母亲微笑着站在一旁。

之后他好奇地问，"许多藏族人很排斥外界人拍他们，可是为何刚才那位藏族阿妈却很乐意你去拍她的孩子？"

"因为刚才那个小孩是趴在地上的，而我是跪着去拍他，而不是从上往下。我与拍摄的对象处于一个对等的状态。他的母亲信任我，是因为我先给予了他们一份尊重。你需要让你的摄影作品会说话，那你在拍摄的过程中就要用心与之交谈。你不用感情，就算拍了几百张也不会出一张好照片，这是对应的。当你了解他们，就会懂得什么样的画面是最自然的美。"

薇莲说完这番话后，又去前面给另一个藏族小孩拍照。他注视着她的背影，她那如吊兰一般的长发在日光下散开，平和有光。

傍晚六点，薇莲带着远涵去老巷子里的光明老茶馆喝甜茶。刚进老茶馆，大雨就倾盆而下，不一会儿便听到了塑料帐篷上发出阵阵巨大的敲击声。

"看，下冰雹了！"薇莲伸手指向窗外。

远涵从未见过七月的冰雹，欣喜不已地望着窗外。大颗大颗的冰雹如撒豆子一般落在这片神奇的土地上。

茶馆里喝茶的藏族老人们一边喝着茶一边也望向窗外，他们脸上的沟壑是如此清晰，写满了岁月的痕迹。

他在茶馆的一隅，静观着藏族阿佳端着茶壶忙碌的身影，老人们饱经风霜的脸，康巴汉子们聚在一起闲聊时的神情，小孩脸上的高原红以及身边这个年轻的女人。

她轻轻地端起杯子，喝了一口甜茶后，一直望着窗外。她真像一幅画，他这样想。

他们静静地听着冰雹敲打地面，敲打帐篷的巨大声响，久久未曾说一句话。仿佛都各怀着无法诉说的心事。

时光静默地前行，远涵渐渐感觉到了这个美丽女人身上散发出的巨大磁场，吸引着他，使他着迷，让他跟随着内心的声音，一点点离美好的愿景更近。可是不知为何，他忽然不敢正视这个女人的眼睛，他不知是内心敬畏，还是害怕坠入黑洞后的孤独。

　　拉萨的天暗得很晚，直到晚上九点半，天才渐渐黑下来。此刻，灯光耀人眼目。他们坐在大昭寺前的广场上，看着藏族人朝拜。冰雹早已停了下来，微微的凉风让远涵禁不住打了个寒战，可他更担心身边的薇莲着凉。他把身上的外套脱了下来，披在了她的双肩。

　　放眼望去，来自四面八方的朝拜者磕着长头，还有许多藏族人沿着八廓街转经，这是藏传佛教徒步转经的习俗。主要的转经道有内、中、外三条。八廓街属于中圈。

　　这些朝圣者右手摇动转经筒，左手持珠，口中低诵着六字真言，沿着顺时针方向周而复始地行走。他们会在随身的布袋里装上糌粑和甜茶，饿的时候用来充饥。这些藏民的眼神清澈，信仰让他们从内而外散发出一种微光，生出一种坚不可摧的力量。

　　凌晨之后，大昭寺前的游客已不多。留在这儿的，大多是朝拜的藏族人。

　　远涵仍静静地坐在大昭寺前，看着朝圣者口念经文，双手合十，全身匍匐在地，然后站起来，走三步，再五体投地。此时此刻，他们对世俗中的功名利禄、锦衣玉食无一丝执念。远涵惊叹于以如此直接、坦诚的方式呈现出的生命状态。

　　一位藏族男人拄着拐杖从远涵与薇莲身边经过，口中诵着六字真言。他们发现，他只有一条腿，却依然拄着拐杖行走。他艰难地走到大昭寺前，放下拐杖，一遍遍地磕头。好似身体与常人并无异样。心中的执念，使得他原本残缺的身体变得完整。

　　那一刻，远涵觉得大昭寺有一种神奇的力量，世俗中的种种都得以隔离，只留下纯真、安定与旷远。

薇莲开始教远涵禅坐。

"你要坐姿稳固如青山，内心才会坚定旷达。禅定所散发出的慈悲，会通过你的眼睛轻柔、温和地释放出来，你的视线从而变得慈悲。你要在内心告诉自己，把心带回家，你的内心就会安住良善、爱与觉知。

"禅坐会让你镇定清静，净除烦忧，变得柔软、随适与专注。"

他在薇莲的引领下渐渐进入了一种安详的状态，内心积聚已久的悲伤、疼痛慢慢蒸发。他在本觉中放松自己并唤醒了内在的觉察和清晰的洞见。他的眼泪从眼角溢出，顺着棱角分明的脸颊滑落下来。

薇莲起身对远涵说，"你留在这儿禅坐，我去绕大昭寺磕长头。等我回来。"

他心里想跟随她去，可他怕自己会打扰到她，所以他点了点头。

薇莲走后，他心中那股安定的力量似乎也被抽离，他的内心开始慌乱。二十分钟后，他起身沿着转经道寻找那个让他得以静定下来的身影。

他走得很快，远远地就看见薇莲三步伏地一拜，她做这样的朝拜是如此虔诚与自然。他不敢走近，亦不愿离去，只是一直在远处默默地跟随着她。从后面望去，在她一伏一起之间，那乌黑的及腰长发便潮涨潮落，仿佛每一缕青丝都是一只飞翔的鸟儿，它们扑打着双翼，飞向一个祥和柔美的世界。

两个小时后，天空下起了小雨。薇莲在雨中依然没有停止朝拜，薇莲淋着雨，他亦淋着雨。远涵想，虽然我没有陪她一起磕长头，但是我们在同一片雨里，多好啊。

在雨中，她磕了一个晚上，他也跟随着淋了一个晚上，三步一停。

薇莲回来的时候，浑身早已湿透。那时候，她才发现，其实远涵一个晚上都跟着她，他的全身也被雨水浸湿了。薇莲看着他被雨水打湿的脸，心疼地拿出纸巾为他擦拭。

"你怎么这么傻。"她嗔怪他。

"薇莲，我只是想在你看不到的地方保护你。"远涵说这句话的时候依然不敢看她的眼睛。

6_

从大昭寺出来后，已是凌晨五点。他们入住一家藏式的家庭客栈内。睡了一天，醒来时已是傍晚。他们在客栈附近的小餐馆里一人吃了一份藏面。

入夜后，薇莲带着远涵来到了雪雁街地下一层的青唐酒吧。

薇莲说，"这家酒吧是我几个朋友开的，酒吧有自己的乐队，晚上会来唱歌。他们唱的是民谣，你一定会喜欢。"

进了酒吧后，他们找了一个喜欢的位置。刚坐下，酒吧里的几个人就过来打招呼。有人打趣地问薇莲，"他是你的新男朋友吗？"

远涵羞得面红耳赤，薇莲反倒很轻松地就回答了，"他啊，是我在路上捡来的一个小王子。"

薇莲给了他一个倒满酒的杯子，然后自己也端起一个酒杯，将他介绍给酒吧里认识的朋友。

"远涵，这是我的朋友央金，是一个画家。她是一个北方女孩，但是从小就有佛缘。几年前，她来到拉萨，跟随一位上师学习佛理。她在拉萨画油画，还经营了一家原创手工店。她本名其实不叫央金，而是叫灵萱。央金是她自己起的藏族名字，如今她越来越像一个藏族女人了。

　　"这是音乐创作人嵇翔,以前他是'北漂',现在他愿意当一个'藏漂'。他一直有一个当老师的心愿,所以前几年去了林芝的百巴镇中学支教,给孩子们上音乐课。现在他每天晚上都会来这儿唱歌,他是青唐乐队的主唱。

　　"这个人,我们都叫他超人,他曾经独自从西藏林芝徒步到新疆,穿着一双人字拖走了四个月的无人区。他是西藏摄影协会唯一一个没有照相机的会员,他大部分照片都是用手机拍摄,对拍摄画面的要求很高。他在西藏的第一年没有拍过一张照片,而是用这一年的时间观察藏族人的生活,之后才开始持续地为这片土地拍摄。"

　　……

　　远涵一次次举起酒杯,与这些朋友干杯,听薇莲给他讲这些人的故事。他突然有了一种想要留在拉萨生活的冲动,可是他又想起了父母对他这个独生子的期望,想起了他曾对父亲许下大学毕业后一定要考上西北工业大学的研究生的诺言。他始终无法像这里的人一样,过得洒脱,并且快乐。

　　薇莲带着他穿梭在这群人中间,她喝了许多酒,脸颊微红,比这两天他所见到的样子更加妩媚。

　　嵇翔的歌声开始响起,酒吧里一阵欢呼声。他的歌声略显沙哑,有着一种自然而然的忧伤。他在歌声里唱着他心爱的拉萨,唱着他心爱的姑娘。

　　薇莲似乎有了醉意,拉着远涵坐在了酒吧的一个暗处。

　　她说,来,我们听他唱歌。

　　在酒吧昏暗的灯光下,她将手机递给他看。手机上是一张受到极大创伤的脸,眼睛已红肿,脸上多处有凝结了的血块,嘴唇肿了一大圈，嘴角有血痕。

还没等他反应过来，她便说，"这是半个月之前的我。"语气极其平静。

他无法将面前这个面容优雅的女子与那张血肉模糊的脸联系在一起。

"半个月前，我与男友来拉萨，准备去阿里转山。去阿里之前我们去了纳木错，就是在纳木错的那个晚上，我们发生了口角，他动手打了我。他出手很重，完全失去了理智。"

"你没有哭着向他求饶吗？"

"没有，我反而狠狠地望着他，对他说，有本事你今天打死我。我觉得脸上似火烧一般，血流到嘴角。咸且涩。那一刻，我一滴眼泪都没有掉下来。他被我的不屈服给激怒，不停地扇我耳光，我没有还手。"

"为什么没有反抗？"

"因为我爱这个男人。我爱了他四年，在一起一年。他是做音乐的，每次听他在台上唱歌，我的整颗心都会陷进去。他对我有致命的吸引力。他是一个很大男子主义的人，每次与他一起吃饭，他总是先吃完，然后在饭店外面等我，他从不会坐在我的旁边等着我。而我从不敢对他有丝毫抱怨。对他，我更多的是倾慕、敬仰与尊重。他不抽烟，而我烟龄九年，因为他不喜欢烟味，所以我强制把烟彻底戒除，戒烟至今已十一个月，就要满一年了。与他在一起，我变得更好，但也逐渐失去了自己。"

"你们长期异地恋吗？"

"不，我们在一起生活。去年结伴在越南停留了一个月，从南至北的旅程，从河内经湄公河到西贡再回到河内。其实他平常脾气并不是很坏，对我也很照顾。这一次他真的是让我看到了最原始的那个他。"

　　"夜宿纳木错半岛，那时已不想再和对方多说任何一句话，心死如灰。回拉萨的最后一段路，由他开车，一路无言，只等最后的结束。

　　"车抵拉萨，各走东西。

　　"从拉萨医院独自拍片取药回独居的小旅馆，路上搭的人力三轮。我把整张脸用围巾包住，戴着眼镜和帽子。不知踩三轮车的藏族师傅是如何觉察出我的伤口的。下车的时候，他从手腕上拿下一串佛珠递给我。他说，菩萨会保佑我的。

　　"因为身处高原，伤口难愈，只好买了机票飞到平原城市养伤。我很想把当时拍的照片发在网上，让更多人知道他的本性。可我记起他曾对我说过的一段关于他的往事。

　　"他是在醉鬼父亲的殴打中长大的。小时候，每天晚上父亲都会把他关在小屋里毒打一顿。以至于后来只要父亲不打他，他都不敢睡觉。毒打虐待，让他的心变得扭曲且缺乏安全感。

　　"我开始原谅他，并且心疼他。因为明白那并非他的本性。他下手的时候，心里一定充满了恐惧与绝望。我觉得他是一个可怜的人。

　　"有时候我会记起他对我的好。记得我初抵拉萨的第二天，和他一起在大昭寺门口打坐。我真正学会打坐，其实是他教的。也记得越南的那晚，从会安到芽庄的卧铺大巴上，他挑了最后一排两层连接在一起的三张通铺。我们睡在了别人都不愿意睡的最后一排，他说这样多好，与世无争，还可以抱抱。那是一些细微又重要的温柔时刻，真实柔软。"

　　"你还会回到他身边吗？"

　　"不会的，虽然我可以原谅他了，但这份感情已有了伤疤，回不去了。我也曾因为他的大男子主义想要离开他，可是我放不下。你知道那种想要离开一个人又离不开的痛苦吗？

"这一次，我终于可以放下了。"

那个晚上，薇莲喝了很多酒。平日美丽的长发显得异常寂寥，像长在山野里的一株植物，在风中发出凄清的呜咽声。

她终于哭了，把脸埋在手心，嘤嘤地哭着。酒吧里的歌声很大，大得掩住了她的哭声，可是远涵听得见。那一阵阵的哭声像刀子一般割着他年轻的心。这个女人的哭声似乎让成千上万只忧伤的鸽子一下子飞进了他的心海。

"你要是难受，就大声地哭出来吧！我把我的肩膀借给你。"远涵看着薇莲傻傻地说。他真的很想给这个女人一个厚实的依靠。

薇莲真的就把脸俯在了他的肩膀上，双手紧紧搂着他的脖子。她的哭声与喘息声离他那样近，仿佛连在了他的身体里，如海潮一般敲打着他的心。她的身体贴着他，他浑身如火烧一般。她的气息萦绕着他，他的心在战栗，双手也在颤抖。

他终于鼓起勇气将双手搭在了她的背上轻轻地说，"薇莲，有我在。有我在。"

薇莲是真的醉了，靠在他的肩膀上说着醉话。渐渐的，她的哭声越来越小，也不说话了。她沉睡在了远涵的臂弯里。他一直紧紧地搂着她，动也不敢动。抱着这个女人的时候，他的心生疼，但是又有一种莫名的幸福感。他的心在剧烈地跳动着。

"我喜欢你，薇莲。"

他说这句话的时候，很轻很轻。轻得自己都听不见。因为他懂得，有些话永远只能说给自己听。

薇莲就像一朵盛开在他生命里的雪莲花，如此圣洁。

可他离这个女人太远，太远。

7

薇莲醒来的时候，已是次日傍晚。她忘记了昨晚发生的事情。

当她睁开眼睛的那一刻，看见远涵正在收拾行李。

"你是明天的火车回西安吗？"她的话语里带着不舍。

"是的，已经订好票了。父亲给我报了一个培训班，我必须赶明天早上的火车回去。"他说这句话的时候低着头整理衣服，依旧不敢看她的眼睛。可是他听见她的声音，内心是有颤动的。

"那你今晚再陪我去一次大昭寺吧。"薇莲说。

入夜，他们再一次来到大昭寺前的广场静坐。远涵知道，这是与她在一起的最后一个晚上了。他看着灯火辉煌的大昭寺，心里却无比的寂寥。他想抓住什么，又觉得什么都无法抓住。

分别，是注定会到来的事情。他逃避不了，也无力去挽留什么。他突然有些恨自己，恨自己为何如此渺小，恨自己为何还没有一个足够坚实的臂膀去保护心爱的女人，恨自己连争取的权利都没有。

他的眼神在灯光中恍惚不定，似乎随时都会落下泪来。

他跟着薇莲先禅定了一个小时，然后开始交谈。

"你很喜欢来大昭寺？"他问她。

"我所感知的最强烈的力量源泉，来自大昭寺。在西藏短暂停留，除去到周边寺院朝圣之外，更多的时间是徘徊在大昭寺广场。大昭寺广场，它是我初到拉萨抵达的第一站。有人说，偏爱是因为磁场和气的吸引。我想我定是偏爱这里的，广场的流浪狗、大昭寺门前磕长头的人群都让我心生欢喜。每每提及大昭寺，就像是说起自己的心上人。我至今都未曾走进寺内，仅是一圈圈地绕寺转经。月光下的一次次静坐，遇见的人、事都是善意与惊喜。"

薇莲在说话的时候总有一种静定的力量。

她接着说，"我们不需要自怜自艾。最强烈的痛苦平复之后，就该感谢苦难了。若是一路平安顺利，又如何看透与成长？希望自己是能够承受生活苦辣酸甜的根器。"

"磕长头的时候，你内心孤独吗？"远涵不知为何会问她如此私密的问题。

"孤独这两个字是有分量的，不能轻易提及。很多时候，我们好像并未真正明白磕长头的意义。它其实是件美好的事。心中想要积聚所有如宝资粮，用我们的身口意，全心地奉献出来。它让身体姿态舒缓优美，如同舞蹈，在每一次伏地起身里，不该仅仅是机械的外在仪式以及寻求数字的重复。"

说完这段话后，他们之间开始沉默。

长久的沉默后，远涵终于鼓起勇气。

"薇莲，在青朴遇见你，是我前世的福报。这一路走来，我看到了你的坚定、勇敢、善良与纯洁。信念让你有一种温和而不可动摇的沉静。与你在一起，我逐渐丢弃了世俗里虚假的那个自己，你让我学会了与内心那个真实的自己拥抱，然后沉浸在浓厚的温柔、温暖、信心和力量之中。遇见你之后，有一种深沉而光明的笃定在我心中涌起。

"你就像一朵洁白的雪莲花，在高原上散发出微光，这光里带着善与慈悲。而这束光，恰好被我看见。你的身上有一股巨大的磁场，一直吸引着我去靠近，可我又不敢靠近，甚至连你的眼睛我都未敢直视。

"我只是想在离开西藏之前告诉你，薇莲，我喜欢你。"他说出最后那四个字的时候，声音是坚定的，目光是深邃的。

她抬起脸，目不转睛地望着他。他的面容俊逸，眼睛大且深邃，嘴唇弧角分明。他还那样年轻，像一株正在发新叶的大树，有一种趋向于美意的张力，那种张力是充满挚诚的。

她伸出手，指尖划过他的眼睛，鼻子，嘴唇，下巴。她的双眼一直看着他。

他面露羞涩，"你为何一直看我？"

"我喜欢这样看着你，你是我梦中的白衣少年，你的眼睛真好看。"

"其实，我的眼里装满了沧桑，只是无人知晓。我虽外表稚嫩，但内心有着与外表截然不同的成熟。从小到大所经受的难堪与疼痛让我过早知道了世事的无常。"

薇莲望向他的那一刻，有一种疼惜。她不会过多地问及他的过往，因为她能感知到一个人在人生的轨道中所要承受的痛。有些痛，与生俱来，或者说是早已注定，就如同她与他在短暂旅途中的相逢，而后别离。

他在手机上打开音乐播放器，将一只耳塞递给她，她一听，是《大悲咒》，禅音缭绕。

"我只把喜欢的事物与懂得的人分享。"

"是，我懂。"

他们相视而笑。

"我看见了风。"

她的眼睛望向前方，他顺着她看的方向望去。寂静中，高原上空雾气氤氲，丝丝缕缕，并不易发现。唯有内心静定，才能望见。

对他们来说，在一起的时间已所剩无几。

"你为何想来西藏？"薇莲问他。

"在我十几岁的时候，就一直想要来此地，一直觉这是一个可以让我找到自己的地方。爱上一个地方，是没有原因的。爱上一个人也一样。

　　我现在依然不敢相信，不敢相信自己会在路途中遇到你。你有一种气质，让我心生莫名的喜欢。我已经许多年没有如此近距离地触碰过异性。你带给我一股向上的力量，一种向前的勇气。你是一个不平凡的女人。"他望向她的时候，是深情的。这一次，他终于敢去注视她的眼睛。

　　她毫不躲闪地回望他的眼睛。

　　"这只是一场梦。"

　　"我知道。我不会忘了你曾在我的梦中出现过。"

　　"你是我梦中的白衣少年。"

　　他突然用他宽大的双手握住了她的右手，紧紧地，越来越用力，仿佛要把心中所有的遗憾与不舍都倾泻于此。

　　几乎要把她揉碎。

　　法王唱诵的铃声一遍遍响起，阿尼磕长头的优美姿态起起落落。人生所有的相遇也是这般起伏跌宕，无法既定。

　　整整一个晚上，他们相伴在大昭寺前。就这样彼此静静地相伴在一起，不需要更多的言语。

　　次日清晨，远涵提着行李准备赶往火车站，而薇莲也准备出发去阿里。告别时，薇莲从脖子上取下来一个老物件，戴在了远涵的身上。

　　"这是一个尼泊尔老师傅纯手工做的掐丝度母的嘎乌盒，度母慈悲地加持世间一切事业、容貌、情感，使其圆满顺利。这个嘎乌陪我转过博达拉满缘塔，转过布达拉宫，转过大昭寺。今日将它送给你，愿它能庇佑你。

　　"你真的很好，若是十年前的我，定会选择此刻的你，只怪此刻的我已经过了可以轻易去接受一份感情的年龄，你亦背负着生活的责难与使命。

"远涵，别离后，不知我们今生是否能再见，只愿你一切安好。我会在转冈仁波齐神山的时候为你祈福的。"薇莲说这番话的时候，湿润了双眼。

薇莲又递给了他一本红色封皮的书，他看了看封面，书名叫《西藏生死书》。

"这是我一直随身携带的书，在我困顿的时候，它总能给我启示与力量。我将它送予你。愿你能用一生读懂它。"

远涵一把将薇莲拥入怀中，坚定地说，"你知道吗？虽然你比我大，但是我总觉得你像一个小孩子，单纯美好，需要有人一直在身边守护着你。今生无法相伴，唯愿来生我们在同一时间降生在这个世间。不要太早，也不要太晚。"

她说，"过早生涩，锋芒过利。过晚干涸，柔软不再。君未白首妾未老，才是最好的遇见。再见了，我梦中的白衣少年。"一阵风吹来，薇莲用手抹了一下眼角。

在风中，他们紧紧地相拥在一起，仿佛要将对方融进血液，直到风不再悸动。挥手自兹去，萧萧班马鸣。

在一阵轰鸣声中，火车开动了。他觉得自己刚刚似乎做了一场很美很美的梦，而这一刻，梦醒了。这列火车将他从梦中驶向了现实世界。

他握着胸前的嘎乌盒，静静地望向窗外。在寂静中，他又一次观望到了高原上的雾气。

是的，他看见了风，风中似乎有一朵白色的雪莲花正在悄然盛开。

终 其 一 生 要 与 你 相 遇

　　易云泽的家在湘西自治州的一个小镇上，与凤凰古城只隔着两个小时不到的车程，但是他这二十三年来只去过那儿一次。

　　七年前，他初中毕业的暑假，父亲带他来凤凰古城游玩。留在他记忆里的是临水而建的吊脚楼，长着青苔的石板路，穿着民族服饰的苗族姑娘，还有沱江边画画的艺术家。

　　当时他不会想到自己回学校读高中后会学绘画，并在三年以后以专业和文化课总分第一的成绩考上了西安美院水彩专业。

　　如今，大学四年已经过去了，毕业的时候都流行毕业旅行，他也计划给自己一段旅行的时光。他把这段时光定在了离家不远的凤凰古城。对于这座古城，他总有一种别样的情感。他的行李包里有一本沈从文的小说《边城》，一部佳能单反相机，换洗的衣物和生活用品，其他的都是画画的颜料和工具。走到哪里，他都不会忘了自己对于艺术的热爱。一个人去那里画小桥流水人家，亦是一件让人快乐的事。

　　汽车抵达凤凰古城的时候已是傍晚，他找了一家依傍着沱江的旅馆。这家旅馆是古城具有特色风格的建筑——吊脚楼，房间是木质结构，打开后面的小门有别致的阳台。

　　易云泽站在阳台上观望着沱江两岸的景色，长舒了一口气，眉目之间有着浅浅的笑意。他在心里默默念着："凤凰，七年了，我又来了。"

　　七年前，他还是一个稚气未脱的少年，屁颠屁颠地跟在父亲后面。七年后的今天，他俨然成了一个风度翩翩的男子，一米七八的个子，眼神干净且凛冽。加之学艺术的原因，周身总洋溢着一种优雅的气质。

　　他自有他的风度与格调。

2

　　翌日，易云泽起了个大早，带着照相机无比闲适地走在沱江边的青石板路上。清晨的凤凰古城，如一个含羞带笑的少女，万般旖旎。

　　他用相机拍河边洗衣的苗家妇人，青石板路上玩耍的小女孩，沱江两岸古朴的吊脚楼，唱着山歌划着桨的老船家……他早已爱上了这座古城，并且为之倾心。

　　午饭过后，他便来到沱江边，支起画架，开始执笔画画。他画的是水彩画，用一种朦胧的手法描绘着心中的画卷，笔法熟练，色彩淡雅，意境空灵。

　　易云泽的身边渐渐围满观画的人，那些赞美声并没有激起他心中的任何波澜。他的内心如同一面静谧的湖水，深邃而沉寂。在他的笔端下，逐渐呈现出心中凤凰最美的姿态。

　　晚上，他站在虹桥上欣赏古城的夜景。古城的夜景如此斑斓，不似早晨那般宁静悠远，那种灯火阑珊的景象倒是给人留了许多的余想。他用相机拍着远远近近的灯火，身边是川流不息的热闹人群，不知为何，心中竟添了一丝落寞之感。

　　晚上十一点多的时候，他有了倦意，便向着旅馆的路走去。走到城楼下面的时候，他被一阵歌声吸引住了。唱的是陈楚生的《有没有人告诉你》："有没有人曾告诉我很爱你，有没有人曾在你日记里哭泣……"歌声非常动人。走近了便看见一个流浪歌手正抱着吉他深情地演唱着。在这古城的深夜，突然听到这样动情的歌，易云泽内心的某根弦被触动了。他从钱包里取出十元钱放在歌者前面的纸盒子里，然后坐在对面的石阶上继续听着。他的身边还坐着另外几个听歌的女人。

　　坐下来后，他才发现流浪歌手的身边还坐着一个扎着辫子的中年男子，这男子把一块黑色的画板抱在胸前，手中拿着一支短小的铅笔。身边的石墙上挂着几幅素描和色彩的人物画。有一张纸上写着，"素描八十元，水彩一百元。"易云泽料到是专给人画像挣钱的流浪画家。他把眼神从画像转向了那中年男子，却发现那男子正望着他，眼神流露出一种渴望。好像是在问易云泽，"哎，喜欢这些画吗？要不要给你画一张？"云泽在心中思量着，将目光再次转移到了流浪歌手身上。

"老马，来，给我画张像吧。刚好我现在有时间。"云泽的思量被一声话音打破，他本能地朝着说话的声音望去，原来是一个妙龄的女子。这女子留着短的梨花头，卷曲的发尾刚好遮住耳朵。脸蛋如樱桃一般，下巴小且尖，眼睛好似熟透的葡萄，亮晶晶的。嘴唇很薄，笑起来的时候，嘴角如同翩跹的柳叶。穿着蓝色的牛仔裤，黑色的休闲衫。那一瞬间，云泽被眼前这个女子深深地吸引住了。

"好嘞，你坐在这儿。"中年画家一边指着侧前方的石凳说着，一边从袋子里拿出一张素描纸夹在画板上。他们聊着一些琐碎的话，从这些话里云泽知晓这女子与画家早已认识。

画家开始执笔画眼前的女子，那女子保持着微笑的表情，眼睛大且深。云泽打心眼里喜欢这样的笑容，这让他觉得眼前的女子如同茉莉一般，有着迷人的芬芳。他不自知地就站起了身，走到画家的身边，看一眼画家画画，然后看一眼眼前微笑着的"茉莉"。

"唉，你别挡在音箱前啊！"这是从身边流浪歌手那儿发出的声音。云泽转过头一看，才意识到自己挡了流浪歌手的音箱。他慌忙移动了几步，想看画家画画，又怕影响了别人，正在这个让他备感尴尬的时候，他听见了女子的声音，"你过来吧，坐在这儿。"说着，她用手指了一下她的身后。

云泽喜出望外，赶紧坐在了她后面的石凳上。

这一刻，他离她是那样的近。

"你长得真美。"几分钟之后，云泽终于忍不住赞美道。

"是吗？"女子把脸转过来，依旧笑脸相迎。她的声音略微有些沙哑，有些像周迅的声音。云泽在近处看到她的脸，不觉惊叹道："你的声音像周迅，长得也很像她呢！"

她依旧是笑。带着一点顽皮，又带着些许羞涩。

"把脸转过来，我要画眼睛了。"画家对着女子比划了一个坐端正的手势。女子将脸顺势转了过去，然后对着画家继续保持着微笑。

"你能告诉我你的名字吗？"云泽又按捺不住了，迫切地问道。

"秋子。"女子这一次并没有把脸转过来。

"秋子。真是好听的名字。但是，有'秋'这个姓吗？真是很少听见。"云泽望着她的头发说。

"你没听说过秋瑾吗？"女子带着笑意回答。

"是的，我记起来了。不过，你的名字比她的还要好听。我叫易云泽。"他还没等秋子问他的名字，他自己便忙不迭地说了。

云泽继续说，"我也是学绘画的，家就在湘西，这次是来这边旅行写生的。"

"你也是画画的？给我画画的这位大哥画人像画得可好了，在凤凰这个地方是出了名的。"秋子笑着望了望画家老马。

老马正在用铅笔细心地刻画着眼睛。

"你是这儿的本地人吗？"云泽并不关心老马的事情，他继续问秋子。

"不是的。我是这里一家酒吧的驻唱。"秋子淡淡地回答。

"哪家酒吧？我有时间过来听你唱歌。"云泽听说她会唱歌，心里对她又多添了一层爱慕。

"寻真酒吧。"

"寻真？这名字真好！凡事是要返璞归真才好，所以我们总是时时刻刻地寻它！"这时候，云泽已对明天的安排有了打算。

这之后，云泽又与秋子聊了片刻，直到老马将画像完成。他不知为何第一次遇见这个叫做秋子的女孩儿心里就有了如此强烈的爱慕之情。想要与之交谈，并且渴望与她有更多的交集。

"你嘴角右上方的那一小点痣要画上来吗？"正当云泽站起来准备去看老马手中的画时，他听见了老马问秋子的声音。

"要。它是我的印记呀。"秋子随手从包里取出化妆镜看了看自己的嘴角，然后咻咻地笑着说道。

一直逛到深夜，云泽才回到旅馆。他忽然觉得心像是被东西给堵着，闷闷的。他走进洗手间拧开水龙头，看着水流慢慢地注满大半水盆，云泽深吸了一口气，将头埋进了水盆里，直到肺部的氧气被慢慢耗尽，才猛地从水中抬起头，水花四溅，他伸手抹了一把镜面上的水珠，怔怔地望着镜子中的有些模糊的面孔。镜中人星目剑眉，棱角分明，俊朗中透着刚毅。他与镜子中的自己对视良久，忽然镜中人张嘴说出了一句连云泽自己都吓一跳的话，"秋子，我不能错过你！"

从那刻起，秋子成了云泽生命里的一粒痣，怎么擦也擦不掉。

3

晚上，易云泽翻来覆去地想着心事，很晚才睡着。第二天他差不多睡到中午才起来。让他快乐的是，他竟然梦见了秋子，梦中的女子在沱江边笑意嫣然地望着他。他觉得自己被别人下了蛊，那蛊叫做爱情。

下午他没有出门，而是在家里支起了画架。他望着窗外思忖了一刻钟，然后开始画了起来。云泽是在画他记忆里的"茉莉"，那个叫做秋子的女孩儿。画中的女孩奔跑在青草地上，在琉璃般的晚霞映照下，手捧大把茉莉花，转身回眸一笑。那笑醉了云泽的青春，是那样的美。

他用了一个下午的时间画好了这幅水彩画，然后将其贴在床头上。走出旅馆的房间时，云泽对着那幅画露出了灿烂的微笑。

吃过晚饭已是晚上八点，他向餐馆的服务员打听到了"寻真酒吧"的具体位置，然后向着那条路走去。

这个酒吧就在沱江边，所以不一会儿就找到了。这是一个吊脚楼样式的酒吧，外端挂着一串串红色的灯笼。灯笼散发出橘黄色耀眼的灯光，这光照在云泽的身上，让他感觉置身在了现实之外。

走进酒吧，他远远地看见了秋子。她穿着蓝色的牛仔裤和一件白色的紧身无袖衬衣，在色彩斑斓的灯光中唱着梁静茹的《问》。她唱歌时的声音比她说话的时候更沙哑，也更让人着迷。

云泽站着，痴痴地望着台上的女子。

"帅哥，这边有座位？"他恍过了神，然后跟着服务员来到了一个离吧台很近的座位坐下。点了几瓶喜力啤酒。

云泽举起酒瓶喝了一大口，然后便陶醉在了歌声里。一曲唱毕，他情不自禁地大声鼓掌叫好，引得身边的人都转过头来看他。台上的秋子也注意到了云泽，仿佛想起了什么似的，对他微微一笑。云泽得了心爱女子的微笑，心里快乐至极。手中的酒都忘了喝了，只是痴痴地望着。

秋子一首接一首地唱着，《传奇》《遇见》《今生缘》。她的声音就像山谷中的野草，摇曳在风中，有着一种独特的苍茫之感。云泽似乎早已融化在了她的歌声里。他深情地望着她，她眼神是如此忧伤，歌声是如此渺茫，丝丝扣扣地牵引着他的心。

唱完《今生缘》，秋子走下台，另一个男子接着唱。她径直走到云泽的跟前，眼睛久久地注视着他，云泽先是激动，后来又有些胆怯了。而后，秋子莞尔一笑，举起桌上的一瓶喜力说道，"易云……"

"易云泽。"他补充道。

"对，易云泽，谢谢你来听我唱歌。来，咱们喝一个！"说着就将酒瓶往云泽手中的酒瓶碰。当云泽将瓶中剩下的酒一口喝完的时候，只听得"咕咚咕咚"几声，秋子已将一瓶啤酒喝完。云泽大为惊异，"秋子，好酒量！但是你也没有必要与我喝那么多，酒喝多了伤胃。"

"我见了你心里高兴！易云泽，你长得真像我父亲年轻的时候，我看过他年轻时候的老照片，你跟他真像。"说完，秋子又准备继续与他喝酒。

云泽疼惜她，一把夺过了酒瓶。那一刻，他注意到了她蝴蝶骨上的纹身。她的纹身不是字，不是蜈蚣，更不是那些老掉牙的纹样，而是一朵盛开的梅花，五个小小的花瓣肆意地伸展着。

"你的纹身真特别，很好看。可为什么会是一朵梅花而不是其他呢？"云泽望着秋子的眼睛问道。

"因为我喜欢梅花，我的母亲名字里也有个'梅'字。"她眼神游离地望着吧台上唱歌的伙伴，犹豫了一会儿，然后缓缓地说出这番话来。

"你想听什么歌？我给你唱。"秋子望着云泽。

"我想听那首《女人花》，梅艳芳的《女人花》。"云泽心里想，她唱这首歌应该再合适不过了。

秋子笑着点点头，然后走到了吧台上。笼罩在聚镁灯下的秋子透着迷人的光彩。此刻，云泽的眼里，满满的都是这个女孩。

"我有花一朵，种在我心中，含苞待放意幽幽，朝朝与暮暮，我切切地等候，有心的人来入梦……"秋子的歌声缓缓地在云泽的耳边荡漾开来，那歌声像蚕吐丝一般，绵软地缠绕在他的周身。

半夜，云泽已有些微醉，回到旅馆躺在床上，周身似乎还一直被那蚕丝般的歌声笼罩着。心中的情愫如万千音符般跳跃着、舞蹈着，久久不能散去。

4

之后的那段日子，易云泽每天白天在旅馆的房间里画画，晚上去寻真酒吧听秋子唱歌。当然，他只画秋子，画中的女子时而在花丛中笑，时而在雨帘中垂泪，时而在风中奔跑。画中的女子从未穿过裙子，因为他从未见过穿裙子的秋子。很多时候，她只穿蓝色牛仔裤，帆布鞋，白色或者黑色的棉布衬衫。偶尔，她会在脸颊上扑粉，打上腮红，亦会化一个烟熏妆，那时的秋子在云泽眼里，有一种浓烈的美，如同火焰一般照亮并灼烧着他的心。

易云泽每画完一幅画，就会将画贴在墙上，他要她日日夜夜陪在身边。

云泽在酒吧里听她唱歌，她有时会过来陪他说说话。每次说着话的时候，就会顺势从包里取出一支烟，熟练地用打火机点燃，然后一口一口地吸，并从鼻子里吐出缕缕烟雾。她夹着烟的姿势像极了年轻时的杜拉斯，有着一种堕落忧伤的气息。

酒吧每天晚上十点以后是慢摇的时间，明晃晃的聚镁灯照耀在吧台中央，领舞的秋子就会在上面热舞，动感十足。她穿着紧身的吊带衣，身姿曼妙。她的身体跟随着重音乐的旋律，如同蛇一般狂热地扭动着。升降台将她缓缓地升起来，那一刻她是众人的焦点。云泽看见她蝴蝶骨上的梅花纹身似乎也随着她的摆动而吐露出芬芳。

他被那一刻的秋子迷倒，却又在心里为她担忧。觉得她不应该是这样的，他心中最本真的那个秋子应该是一个穿着连衣裙在花丛中翩跹，如同蝴蝶一般的女子。在他第一次见到秋子的笑脸时就知道了她的真，只是他不知如何将她从深不见底的枯井里救出来。

升降台降下来的时候，酒吧里的人都围到了舞池里，随着秋子一起疯狂地摇摆着身体。重金属的音乐撞击着地面，亦如木棒一般敲打着每个人的心鼓。云泽心里的那面鼓被什么东西一遍遍剧烈地敲打着，让他无所适从。坐在高凳上的他被秋子一把拉到了舞池里，她试图让他跟上节奏，跟上这群人疯狂的噪点。

那时候，云泽离秋子那样近，似乎能闻到她身上散发出来的体香。在一片狂热的音乐中，秋子将嘴唇贴近他的耳边，大声问"你快乐吗"？"快乐！"云泽好似升上了云端，颤颤悠悠地追逐着内心里的那份想望。

5

这一天晚上，易云泽像往常一样走进了寻真酒吧，进去之后并没有听到秋子的歌声。他迫切地在酒吧的每一处寻找着那个熟悉的身影。

他在一群男人中间发现了秋子。他往那边走过去的时候，秋子正将一瓶刚喝完的啤酒瓶放在桌上，随后，她从一个腰大膀子粗，脖子上挂着粗大金项链的男人手上接过一沓钱。

"小美女，过来再给哥哥抱一个。伺候得好你要多少就给你多少！"说着，财大气粗的男人就从钱包里取出一沓一百元的钞票放在了桌子上。然后举着肮脏的手准备搂秋子的腰。他身边的那帮兄弟就跟着起哄。

易云泽见状，心中不禁燃起万把火来。他紧锁眉头，龇着牙冲了过去，重重一拳，打在了那个男人脸上。

"你不许碰她！"云泽几乎是歇斯底里。

秋子一脸惊异和恐惧。手中的半截烟一瞬间落了地。

"臭小子，你他妈的不想活了！兄弟们，给我上！"那胖脸男人将捂着脸的手一挥，身边的那帮弟兄便都簇拥过来，对云泽拳打脚踢。拳头如雨点般重重地向他身上砸着，他想要反抗，却又马上被一脚重重地踢倒在地。他感到钻心的痛，渐渐闻到一股血腥味。

"不要打了，不要打了！"那一刻，他什么声音都听不到了，只听到秋子一声声苦苦的哀求。

几分钟之后，酒吧的保安赶来，那帮男人慌忙逃走。

"云泽，你怎么那么傻呢？"秋子一边扶起他，一边带着哭腔说。他努力地睁开疼痛的眼，看见秋子哭红了眼睛，长长的睫毛上垂着泪珠。

他不作声，任由秋子擦拭他脸上的鼻血。随后，秋子扶着一瘸一拐的他去了沱江边的一家小诊所。

在诊所的洗手间里，他看见镜子中的自己，脸上青一块紫一块。撩开衣服，全身有许多处红肿。他并不觉得有多痛，因为这痛是为秋子挨的，他心甘情愿。

医生给云泽包扎好伤口后已是深夜，秋子执意要送他到旅馆。她扶着云泽一直走到那家旅馆的门口。

"我送你到房间吧？"秋子关切地问道。

"你现在手脚不方便，我可以帮你洗脸端盆子什么的。"秋子怕云泽尴尬，又紧接着补充了一句。

秋子要来，云泽心里一千个一万个欢喜。但是他想到自己满屋子都贴着她的肖像画，心里难免有些犹豫。他觉得向心爱的女子表达爱意是极郑重的一件事，一定要时机成熟了才能说。满墙的画现在要透露出他心里的这个秘密了，怎能不慌乱？

"算了吧，男人的房间都乱得很。你还是不要去，怕你笑话。"云泽的幌子编得战战兢兢。

"没事，正好我去给你收拾收拾。你今天为我负了伤，我不该报答你的'救命之恩'吗？"说着，秋子便扶着他走上了楼梯。

云泽不知说什么是好，只好由着她扶着走上了楼。走到201房间的时候，他停住了脚，在包里掏着钥匙。不知为何，这一刻，他的手在颤抖。

颤抖着的，还有他的整颗心。

门打开了，秋子脸上的表情在那一瞬间凝固了。她看着满墙的画，画中的女子真美，在花丛中，在雨中，在山野中，在阳光中……画中女子的表情都是微笑着的，薄薄的嘴唇，那样美好。

这画中人是谁？分明是她自己。

"这是我为你画的。我喜欢你的真，你的美。"云泽望着墙上的画羞涩地说。

秋子欲说还休。当云泽望向她的时候，才发现心爱的女子早已泪流满面。

"你别哭啊？你不喜欢我可以把这些画都撕掉。"云泽紧张得不知所措。取出一张纸巾想要给她擦眼泪，却踌躇着。最后只把纸巾硬塞在了秋子的手里。

"我哪有不喜欢啊？我是感动。"接过纸巾后，秋子很快擦干了眼泪。

秋子把枕头立起来，然后让云泽躺在床上。她用盆子接来热水，用毛巾为他轻轻地擦脸，然后擦洗手臂和腿。

当她看到云泽腿上的淤青时，疼惜地埋怨道，"你真傻，他们那么多人，你又何苦为了我受这样的罪。"

　　"我见不得别人欺负你！更见不得别人碰你！"他的怒火又燃烧了起来。

　　"我愿意受这样的欺负。我自找的。"秋子一边说，一边将盆子里的水倒在了洗手间里。

　　"为什么？"云泽大惑不解。

　　"因为我需要钱。"秋子把毛巾拧干，转过头来对他说。

　　云泽听了这句话，心里很是窝火。他是一个追求淡雅生活，视金钱如粪土的有志青年。而眼前这个让自己心生爱慕的人，竟是一个为了金钱不洁身自好的女子。想到这些，他望向秋子的目光在这一刻突然变得尖锐起来。他正欲说一堆劝说她的话，哪料她的一句话却让他先怔住了。

　　"我需要一大笔钱，因为我的母亲。"秋子的眼里沁出了泪花。

6

　　秋子取来一个枕头立在墙上，然后爬到床上，躺在云泽的正侧面。

　　"我从未跟别人说过我的故事，但是不知道为什么，我今天特别想与你诉说。也许是因为你长得像我父亲，也许是因为你将我当做真心的朋友。"秋子把手臂轻轻地环抱在膝盖上。

　　"我愿意聆听。"云泽很认真地说。

　　那一刻，他看见了秋子眼里深不见底的忧伤。

　　"在我十六岁那年，我的父亲在离家不远的一个工地上当建筑工人，因为一次房屋坍塌事故，他离开了我与母亲。那时，我正读初中。一天中午，班主任把我叫了出去。从我走出教室大门的那刻起，悲伤就再也没有停止过。

"一大堆亲戚在校门口等待着我。

"那时的我，只感到撕心裂肺般的痛。

"直到现在我仍非常害怕听到爆竹声，闻到烟火味，因为在父亲办丧事的那几天，我一直陷在这样的一片混沌中。因为要守夜，所以我从白天到黑夜一直跪在灵堂前。有哭声，也有麻将声和喧闹声。那时候我觉得这个世界比我想象中的要假得多。"

说到这里，秋子想了一会儿，又继续说道，"父亲走后，我们得到十万元的赔款。因为母亲不识字，所以存折一直放在我这里。母亲的兄弟姐妹很多，他们对这笔赔款一直虎视眈眈。有亲戚来借钱，借了从不还。我和母亲被骗了好几次，到后来手中的这笔存款并不多了，那些亲戚就冷淡了我们，视我们如空气。"

秋子在诉说这些的时候，眼里充满了忧伤和哀痛，可是云泽无法给予任何安慰。

"你与母亲的关系怎样？"云泽问她。

"在她面前，我一直都扮演着大人的角色。她的个子很矮，有眼疾，不怎么看得见。这也是我拼命挣钱的原因，我要为她治病。

"她在我爸走后脾气变得更暴躁，邻里间一点鸡毛蒜皮的事都会使得她大动干戈。隔壁家的鸡啄了我们家菜地的青菜，她也会发火，甚至骂脏话。上次回家，村长跟我说，我母亲如果还像现在一样，他们就不客气了。

"她谁都不怕，唯独怕我。所以，从十六岁开始，我就担当了所有。母亲在外惹了是非，每次都是我去圆场。总与那些大老爷们儿争吵说理，我的性格与说话方式也渐渐趋于成熟。

"母亲就像我的孩子一般，她喜欢吃糖果，每次都会吃很多，然后就不肯吃饭了。她会害怕失去我，每次我回到家，她就会极尽讨好一般地为我做好吃的。她总是围着我转，在我洗脸时，甚至会把洗脸帕递到我的手里。

　　"但她脾气不好的时候，也会骂我打我。很长一段时间，我都处在这种阴暗里。"

　　"你的母亲眼睛不好？很严重吗？"云泽试探着问道。

　　"母亲的眼睛不怎么看得见了，看东西越来越模糊。记得有一次将她带出去，竟然差点把她弄丢了。那次我们坐公交车一起去亲戚家，途中她看见有许多人下车了，她也跟着走下去。

　　"当我发现母亲不在身边的时候吓坏了，你想啊，她不识字，不认路，眼睛又不好。我当即拦了辆摩的沿路寻找她，心里如火燎一般。

　　"找到她的时候，她正坐在路边哭，身边围满了行人。我牵着她的手回家，既心疼又难过。我告诉她，以后走丢了就站在原地，千万不要走开，别人给你指路都不能听。她一边擦眼泪，一边低头听着。

　　"那一刻，我的心里真的不知是何滋味。"

　　她停顿了一分钟，苦涩地说，"我何尝不想有一个幸福的家，对妈妈可以轻柔地说话，唤着妈妈我爱你。可是我与母亲的相处，一直都歇斯底里。

　　"我们会争执，会吵架，会为一件小事面红耳赤。我几乎是吼着与她对话。这是我们的相处方式，我别无选择。"

　　"你的父亲走后，母亲有再婚吗？"

　　"有。嫁给了同村里一个年纪很大的男人，也很矮。叔叔待她一般，不觉得他们彼此有爱，只觉得是为了共同生活。"

　　"你与叔叔会有冲突吗？"

"会有，只是很少，叔叔平时话很少，我与他一般也不怎么讲话。"

"你叔叔会挣钱养活你们母女吗？"

"父亲离开后的第二年，母亲嫁给了他。他年纪很大，行动不便，所以也挣不到什么钱。那笔赔偿金在那时已所剩不多，只能勉强维持我们的生活。当时家里很拮据，所以一年到头我都没能添置一件新衣服，平时穿得很朴素。也许是情窦初开，我喜欢上了我们班的音乐老师，他弹琴的时候，我的心也会跟着跳动。我偷偷地从那笔赔偿金里拿出了二百元钱，去省城买了一件粉红色的连衣裙。我在日记本上写下了我的心事，为了他，我要成为一个美丽的女孩。

"后来日记本被邻居家的小伙伴看到了，她把我日记本里的心事在邻里间传了个遍。传到最后也就变了味，母亲听外面的人说我穿漂亮裙子，就是为了勾引老师，她因此大发雷霆。用剪刀将我的新裙子剪得七零八落，然后拿起棍子往我身上抽，嘴里不住地说，'我要你当小妖精！'她打我的时候我没有哭，因为早已习惯了。可是在我看到床上被剪得支离破碎的裙子时，我号啕大哭起来。

"从那以后，我再也没有穿过一件裙子，也没有去爱过一个人。这件事，成了我心中的一块伤疤。"

说到这里的时候，秋子突然有些哽咽了。

她擦了一下眼角的泪水继续说道："那年，我十七岁，成绩不好，家里又没有钱供我继续读书，所以我主动申请退学。看着家里患病的母亲和年迈的叔叔，我知道我肩上的责任有多重。

"记得父亲在世的时候总喜欢用一个小录音机听邓丽君的歌，那时候我就跟着唱，渐渐地我也会唱她的歌了，那首《我只在乎你》是我最喜欢的。从小我就没什么值得骄傲的地方，可能是受父亲的影响，一个人的时候，喜欢唱唱歌。

"辍学之后，我去了深圳一个表姐那儿，跟着她在一个电子厂里做流水线的活。我常常跑到地下通道里听流浪歌手唱歌，他们教我弹吉他，有时我也会跟着他们在通道里唱。一年之后，我开始受不了工厂那种单调而乏味的生活。我辞了在深圳的工作，将存下的大部分钱寄给了母亲和叔叔，留下了几百元买了一把吉他，然后去了丽江当流浪歌手。

　　"其中的苦，我不想多说。后来被一个开酒吧的老板看中，我就去了他的酒吧当驻唱。驻唱挣的钱比当流浪歌手挣得更多，我当然愿意。每个月，我只留下自己的少量生活费，大部分都会定时寄给母亲。

　　"在丽江发生了一些不愉快的事情，我又去了昆明，然后是西藏。都是在酒吧唱歌。三年之后，我来到了这里——凤凰古城。来这里之前我回家看过一次母亲，她的眼疾更厉害了，带她去医院检查，医生说必须做手术，否则危及生命。但是医疗费太昂贵，所以我必须在这里拼命挣钱。

　　"虽然我在家里的时候，母亲经常骂我打我，但是我依旧爱她。"

　　她用手指了一下自己的纹身，浅浅地笑了，"之前给你说过，纹这朵梅花，是因为母亲，因为她的名字里有这个'梅'字。不管走到哪里，我都时时刻刻地念着她。"

　　他们又聊了许多，不知道说到什么时候，说到哪儿，秋子感到困倦，眼睛闭着，便睡着了。云泽望向窗外的时候，看见又大又圆的月亮挂在藏蓝色的天际。回想着与秋子的这番长谈，他的心里又滋生出无尽的感伤来。

　　云泽将身上的被子轻轻地盖在她的身上，自己铺了张凉席睡在地上。他将身子侧着，久久地望着眼前这个心爱的女子。她睡着的时候，像猫咪一样蜷缩着身子。他心疼秋子，那种心疼已经牵连到了他身体的每一寸皮肤。他在想，怎样才能帮助她？

　　他枕着绵软的枕头，仿佛是枕着满腹的心事。辗转反侧到凌晨四点，才恍恍惚惚地睡着了。

7_

　　次日，等云泽起来的时候，已是上午十点钟了。阳光透过窗棂照在他的脸上，他用手揉了揉惺忪的睡眼。等他睁开眼的时候，刚好看到了秋子那一张明亮的笑脸。

　　"小懒猪，太阳都晒屁股了。快起来吧，我已经把早餐给你买来了。"她坐在凳子上，两手撑着座椅，两脚悬空来回地晃着。笑嘻嘻地望着云泽。

　　那一刻，云泽感到无比的温暖，他多想每天清晨睁开眼的时候，都能看到这个女子明媚的模样啊。他赶紧起来洗漱，秋子顾及他身上的伤，赶忙为他端盆子接水。

　　洗漱完毕，秋子把一碗热腾腾的肉丝粉端到他的面前。"快吃吧，要不就凉了。"说完，便递给了他。

　　"你想得真周到。"云泽说着，就接过碗。拿起筷子大口大口地吃了起来。这碗肉丝粉，比他以前吃过的任何一碗都香。他禁不住漫开了幸福的笑脸。

　　"慢点吃。吃完过后，我带你去我住的地方。午餐我为你亲自下厨，给你这个'伤员'补补身子。菜我一大早就买回来了。"秋子指着桌子上的一大堆菜说道。

　　这话听到云泽耳朵里，让他止不住地高兴。原来这层伤还拉近了自己与秋子之间的距离。想来受着这点皮肉之苦也是福报啊。

吃完早餐后，秋子便带着云泽去往她住的地方。走在路上，云泽一直在猜想，她的房间会是怎样的布置呢？

他们来到古城区，秋子在一个铺面前停下，说，"我就住这儿，一楼是我房东开的门市，我住二楼。"她友善地跟房东打了声招呼，便从旁边的楼梯往上走，云泽一路跟着。

到了二楼，秋子拿出钥匙打开了一扇门，对云泽说，"进来吧，这就是我家。"走进房间的时候，云泽眼前一亮。整个房间都是蓝色调，蓝色的墙面，蓝色的大床，蓝色的桌椅，蓝色的窗帘……走进来，仿佛夏天的燥热一下子全消失了。

"我们这是在蓝天上呢？还是在海洋里？"云泽打趣道。

"我喜欢蓝色，它是上帝的眼泪。"云泽没料到秋子竟说得如此诗情画意。想来，本真的她应是一个淡雅脱俗的女子。从一个人的喜好上就能看出其人的心性来。

秋子招呼他坐在房间里看电视，自己就去厨房里忙活起来。云泽走进厨房想要帮忙，却被她推了出来。

她用双手将他按在椅子上，笑嘻嘻地说，"你先在这儿休息，你腿上的伤还没好呢。待会儿让你尝尝我的手艺。"说着她便走进了厨房。

云泽哪看得进电视，只管望着秋子在厨房里忙碌的背影出神。秋子转过身取纸巾的时候刚好看到了那双痴痴的目光，禁不住打了个颤，忙说道，"你别老看着我啊。"

云泽不好意思地将脸转了过来，假装看电视。

不一会儿，他就闻到了从厨房里飘出来的鱼香味儿。他闲来无事，便打量着房间，看见墙角的深蓝色吉他，他在脑海里构想出一幅秋子在路边当流浪歌手的画面，心里莫名地升腾起一股疼惜和爱慕来。此时，他忍不住用眼角的余光瞥了一眼厨房里忙碌的女子，他觉得，此时的她，是那么温柔贤淑。

　　一个小时后，随着秋子一声"开饭咯"，只见菜一样样地呈现在他的面前。菜样极其丰盛，有水煮鱼、姜爆鸭丝、宫保鸡丁、番茄炒蛋、清炒丝瓜、凉拌三丝。

　　"敢问大小姐，只有我们两个人吃饭呀，你有必要办得这样隆重吗？"云泽的口水都要流了出来。

　　"你是我的大恩人，我当然要好好款待你啊！"秋子说着就从柜子里取出了一大瓶酒来。

　　"这是米酒，凤凰的特色酒。你尝尝吧。"秋子将白色的酒倒入了杯中。

　　这时候，云泽心里也特别舒畅。他将一杯酒递给秋子，自己也端起一杯，快活地说道，"来，咱们干了！"

　　"为缘分干杯！"秋子说完这句话的时候，两人一齐喝干了杯中的酒。

　　米酒甜甜的，云泽的心，也甜甜的。

　　他听到"缘分"这两个字，心里很是感慨。是啊，若不是缘分，他怎会在古城中邂逅这样一个美丽的女子。若不是缘分，他们这两个素不相识的年轻人怎会在这个季节这个地方遇见了彼此。缘分，真是上帝送给这天下有情人最美妙的礼物啊。

　　午饭后，他们又结伴去沱江乘船。木船上一栏栏地隔开着，每一栏摆着两个小木凳。他们并排坐着，欣赏着两岸的美景。这时候，摇着橹的船夫大声地唱起了山歌，声音浑厚，曲调悠长。

　　云泽禁不住拍手叫好。秋子也在一旁欢喜地跟唱了两声。

　　"云泽，我们把鞋袜脱了，来戏水吧。"秋子一边说着一边把帆布鞋和袜子脱了下来，露出白皙的脚丫子来，然后双脚越过船沿，用脚丫子一前一后有节奏地拍打着水面。

"云泽，这水真凉啊！好舒服的。"只见那水珠子"哗哗哗"地从脚底下飞溅起来。她乐呵呵地笑着，嘴角向上扬起，双手挑起一串串的水珠，极为快乐。

云泽马上取出相机，将眼前的这幅画面永恒定格。而后，他也被秋子的快乐感染了，脱了鞋袜，用一双大脚啪啪地激打着水面。

"你们小心啊，那边有船过来了，看似是要打水枪的。"老船夫说完便乐呵呵地笑了。还没等他们会意过来，便看见对面船上的小孩们正用长桨对着他们这边敲打着水面，这一拍打，一股股的水花便纷纷洒了过来。还有暗处的小孩用水枪向这边射着水。拍打水面的声音，孩童们的嬉闹声，水珠哗哗洒落的声音一齐向云泽和秋子涌来。

"小心！"云泽用自己的身子掩护着秋子，双手紧紧地掩着她的背。秋子也本能地躲在他的身子下，将脸靠在他的身上。所有的水珠子便哗哗哗地落在了云泽的背上。

"没事了，那些小孩子顽皮，总爱玩这些把戏。你们这对小情侣也够恩爱啊！"船夫说完笑了两声，便接着唱起了山歌。秋子听完船夫的话，赶紧将脸抬了起来，身子离开了云泽的佑护，然后满脸羞涩地理着额前的头发。云泽也顺势将袜子穿上，以此来掩饰住心里的激动。其实，他的心里早已经有几百只小鹿在乱撞了。

云泽偷偷地用余光打望了几眼身边的女子，恍然觉得她与小说《边城》里的翠翠竟有几分相似。她虽不及翠翠的纯净姿色，但是她的淡雅、乐观、骨子里的坚毅却胜于翠翠。他心里是不愿当第二个傩送的，傩送的爱情故事不够完满。他要成为第一个易云泽，只属于秋子的易云泽。他心里向往着的，是一份纯洁又完美的爱情。

望着身边心爱的女子，他觉得离自己想要的那份情感并不远了。

想着想着，他不由得迎着风，用左手抚了几下额前的黑发，他觉得自己很久没有这样意气风发过了。

8

晚上回到旅馆，云泽在房间里踱着步子，思前想后考虑了很久。他在想如何筹集到一大笔钱为秋子的母亲治病。从遇见秋子的那刻起，他的整个生命俨然在围着她转了。如果他是地球的话，秋子就是太阳，他愿意一直一圈又一圈地围着她转，不会感到厌倦。她的身上有一种光芒，一直在吸附着他的眼，他的心，直至他的整个灵魂。

经过一番思考，他终于有了行动的方向。

第二天早上，他便去了寻真酒吧，他跟酒吧的老板说想当服务员。其实他每天为了秋子来这里消费，老板早已认识他，便二话不说地答应了。

紧接着他又先后去找了古城里的十多家画廊，与画廊老板签了几百张绘画作品的订单。他心里想着，一个月零十天之后正好是七夕情人节，但愿那天一切如愿完成，他会将所挣的钱都给她，让她去给母亲治病。那天，他还要对秋子表达心里全部的爱，让她成为世上最幸福的人。

思忖着这些，云泽的心里比吃了蜜还要甜，画起画来也就更有精神了。

七夕的前一天，秋子将易云泽带到了她家。桌子上，是她早已准备好的满满一桌子菜。秋子告诉云泽，今天是她的生日。

云泽责怪她没有提前告诉他，眼里却依旧是满满的爱意。秋子笑了，嘴角弯成一个好看的弧度，似乎吃了蜜一般，"有你陪着我度过这一天，我已经很幸福了。"

　　他们喝了些酒，酒精在云泽的体内酝着，使得他内心的爱逐渐膨胀、扩大。他终于抑制不住心中火燎一般的情愫，在昏黄的灯光中，一把将秋子拥在了自己的怀里，紧紧地，不愿放开。秋子并没有推开他，她把脸靠在云泽宽大的肩膀上，轻轻地闭上了眼睛。

　　那一刻，他们贴得如此紧，云泽能从秋子急促的心跳中感觉到，其实秋子也是爱他的。这缘分，是多么奇妙的一件事啊。

　　秋子把湿漉漉的嘴唇轻轻地贴在云泽的唇上，这吻是热烈的，是从心底延伸出来的一小团火焰。云泽亲吻她的唇，她的眼睛，她的鼻子，她小且尖的下巴，他感到有泪从秋子的眼角滴落，他的唇吮着她的泪，咸涩，带着体温。

　　灯火通明的凤凰古城，有船夫在沱江里摇着橹，嘴里唱着咿咿呀呀的小调，绵长的歌声被拉得好远好远。这歌声被游客们的笑声打碎，碎了的歌声随着夜风飘得到处都是。有一缕歌声刚好落在易云泽的耳畔，可是这一刻的他哪还有心思在意外界的声音？他感到自己正在与秋子融为一体，那丝甜蜜的快感蛊惑了他的心。

　　他急于给自己一个交代，这将是他与秋子幸福生活的开始，这种幸福将会在黎明到来之时继续延续下去，直到他们终老。

　　船夫的歌声渐渐地喑哑在了沉寂的夜色里。

9

　　第二天醒来，云泽才发现睡在身边的秋子早已失去了踪影。他的心仿佛被什么掏空了一般，他疯了似的走遍房屋的每个角落，大声地呼喊秋子。他打开衣橱，里面的衣服已经所剩无几，他又打开卫生间，洗漱台上属于秋子的物品已荡然无存。云泽几近绝望地倒在早已冰冷的被褥上。

那一刻，他才注意到书桌上的信。他走过去慌忙地撕开信封，他的手指在轻微地颤抖。展开信纸，秋子的字迹赫然在目。

云泽：

原谅我的不辞而别。为了母亲，我必须去挣更多的钱。我不想拖累你。我是一个习惯了四处漂泊的女人，不要来找我。

云泽，我是真的爱过你。

秋子

这几十个字凑在一起，成了一把锋利的剑，一刀一刀地剐着云泽的心。他悲痛欲绝地双膝跪地，号啕大哭起来。他的泪水滴滴答答地落在信纸上，洇成一个个悲伤的圈。他的耳畔似乎又响起秋子低沉的歌声，那歌声像绳索一般将他紧紧地束缚着。

这以后，凤凰古城的街道上，又多了一家画坊，招牌上用楷书端正地写着"秋子画坊"。这画坊里挂满了水彩画，你只要大致看一眼，就可以发现所有的画上描摹的都是同一个女子。那女子有着深邃的眼眸，水艳艳的薄嘴唇，灌了蜜一般的嘴角，眼神天真且悲凉。画面中的女孩或在花丛中奔跑，或在雨伞下沉思，或在山野中舞蹈。

易云泽在等待他的秋子，年复一年，日复一日。他相信，有一天秋子累了，倦了，还会回到这座古城。到那时，她一定会明白，在这个世界上，有一个人是如此真切地爱着她。

他不怕孤独，不怕内心的焦灼不安，因为他始终坚信，她会回来。

当茉遇见莉

1

　　茉就如同唐初的白瓷杯一般，朴素简单，没有任何诱人之处，也无特点，但她的好处在于"恰当"。她的心性如杯身白瓷，温润，白而暖，透着柔而不弱，刚而不强的美。

　　而莉却如珐琅彩梅瓶，华丽与艳俗的外表是她足以吸引别人的筹码。生活与感情的脉络如瓶身缠绕的花纹，繁复、琐碎、夹缠。

　　茉在上海。坐在十九层房间里，有橘色的阳光透过布窗帘漫溢进来，窗帘上的花朵在斑驳的光影中肆意地盛开着。

　　她的对面坐着莉。莉在向茉讲述那些关于深爱的故事。在交谈的过程中，她们只喝杯中盛放的白开水。

　　茉听得很专心。微笑告诉莉，她能懂这份深情，因为她也曾经历过。

　　故事中有巧合，有罪恶，有欺骗，有绝望。爱一个人，就是为了他受苦。

　　莉是一个可爱并可怕的女孩，骨子里流淌着属于异数的血液。她说，自小就怕见到佛像，念经打坐也是听不得的。一听，便会害怕得心慌。

　　她轻描淡写地说，朋友都觉得她是妖精变来的。

　　茉喜欢这样有毒的女子，仅仅是一个眼神，就能勾住你的魂。

　　晚上，她们去超市买了草莓、木瓜、鲜牛奶。睡前，茉为莉将牛奶温热，端给她喝。

　　莉脱下衣服钻进白色的被褥里，露出肩部的光洁肌肤。她很快便睡着了，很乖，如同一只小猫咪，一直保持睡时的姿态。

　　凌晨五点，莉起来收拾行李，她要赶七点的早班机。茉抱着膝盖，睁着惺忪的睡眼看着她把行李一件件地收拾好。

出门前，莉折回身子走近茉，在茉的脸颊轻轻地吻了一下。然后离去。

偌大一个房间只剩下茉一个人，被单上还残留着莉留下的气息。

这是她们的第一次见面，在上海的春天。

2

第二次相见，是在湖南的小城。莉的老家。

莉将茉安顿在五星级酒店，十八楼，拉开宽厚绸质落地窗帘，会看到这个小城如少女般娇羞的模样。

她们在酒店的餐厅点了牛排、水果慕斯、芝士蛋糕。莉穿着白色紧身短裙，身材玲珑娇秀，眉毛长得别致。一张小脸不化妆，也尽是风情。

她们一坐下，就开始聊爱情，聊喜欢的作家以及最近所读的书本。她们对文字都有一种痴迷。

在小城的那几日，莉带着茉逛街，给茉买喜欢的服饰，带她做头发，做美容，领着她去洗浴会所感受按摩的舒适。

莉还教她吸烟，吸一种叫做520的女士香烟，粉红色的壳子，吸入肺中，有一种薄荷的清香。

莉带她去唱歌，教她喝酒，教她如何在喧闹中放纵自己，忘掉心中的牵念。

夜幕降临时，莉带茉去路边小摊吃米粉。她说，没有比米粉更让她牵肠挂肚的食物了。走到哪里都会念着它。

莉像一个男人一般疼爱着茉。物质与精神，她都毫不吝啬地给予茉。

白日里太过疲倦，夜晚，她们会很快入睡。天鹅绒的被褥有催眠作用。

梦中，茉亲吻莉身上的每一寸肌肤，如同在吮吸着朝花上的晶莹露水。心中有依恋。

清晨起来，读莉写的小说，以读者的位置去体悟她的过往，会有心疼。

她忆起了昨晚的梦，用手指轻轻滑过莉的背。因为瘦，所以骨头凸出、坚硬，透出一种单薄的硬朗。

在茉的眼中，莉如同一只蝶，美丽、灵动，却始终执拗地飞着，放纵着自己的美。

茉懂，莉的体内流淌着忧伤的血液。

莉在清晨苏醒，向茉轻声讲述自己的故事。自始至终，她都背对着茉。

3

莉是亦舒笔下的喜宝。

她喜欢喜宝说的那句话，"我要很多很多的爱，如果没有，我要很多很多的钱。"

莉是有这个资质成为像喜宝那样的女人的，娇小的身材，俊秀的脸，穿高跟鞋走路的时候，身子跟着有节奏地扭动。那种扭动并不风骚，而是那种恰到好处，让人浮想联翩的姿态。

茉说，莉天生就是个小妖精。

莉懂得如何在不同的男人之间周旋，这是一项技术活，年纪轻轻的她早已练得炉火纯青。

她在与男人们通电话的时候，用的都是撒娇的口气，那种婉转的声调似黄鹂。不时还会加入几句英文，中西合璧，柔情似水。酥酥的声音可以迅速撩动电话那头男性的荷尔蒙激素。

当她与男人们见面的时候，会欢快地奔跑过去，搂住对方的脖子，缠缠绵绵地唤一声，"Hello，亲爱的。"下一句便是百转柔情的，"我想你了"。她的热情与对男人的依恋在她的举手投足之间表现得自然而然，全无做作之感。

是的，莉天生就是一个小妖精。她懂得男人，而且这份懂得是无师自通的。

她靠着自己对自己的那份自信，从湖南小城出来，一个人混迹在上海这座国际大都市，如鱼得水。

莉对茉说，"男人不能没有钱，女人不能没有男人。"在她看来，男人的肩膀是女人摘取月亮的梯子。

她与上海那些巴望着当有钱老板的小三有那么点不一样，她在乎对方的心。她不仅要物质上的满足，还要男人的真心相待。在外人看来，是有点自取其辱的，可她竟也好运地拥有过几个大老板对她真心实意的爱。哪怕这爱是昙花一现，她也求，也要。

茉说，"找一个你真心爱的人嫁了吧，你现在所拥有的这些感情以及这些感情所带来的物质会像夹竹桃一般在你的体内一点点生长，那是毒药。你等于在慢性自杀。"

莉的声音带着凉意，"爱？我也曾深爱过一个男人，在我最美好的青春时光里，我跟随了他五年的时间。可是，后来他抛弃我了，我却要用一辈子来忘记他。你知道想一个人想到哭的滋味么？直到现在，我想到他的时候，心里依旧会痛。

"只有真爱过，怀念的时候才会痛。"

茉沉默了，莉继续说，"你知道么？遇见他之前，我从未想过生孩子，可是在与他相爱的时候，我特别想为他生一对双胞胎。与心爱的人在一起，你总想着要把所有你能带来的幸福与甜蜜都带给他。那是心甘情愿的。

"茉，我真的为他怀过一个孩子。可是，那个时候他已从我的生命里离开，我选择了堕胎。我不能让孩子生下来就没有父亲。"

"他为什么不娶你？"茉的语气里有了愤怒。

"因为他是个已经结了婚的男人，他比我大十几岁。他是真的爱过我，可是，我知道，他不能放弃他的家庭。

"茉，我有恋父情结，在我十六岁的时候，我就知道我与其他女孩子的不同。我喜欢比我年长的男人。他们能带给我安全感，他们厚实的肩膀像一个港湾。我就像一艘孤独的小船，需要停泊。"

"你可以试着去爱一个同龄的男孩子，拥有一份阳光般温暖的恋爱。"

茉说完这句后，莉没有接着回答。无尽的沉默里只隐隐约约听见从窗外传来的鸟的叫声。

那一刻，莉翻转过身子，把脸对着茉的脸，眼里满是泪水，"茉，我从未告诉过别人，我的父亲在我十五岁的时候因病去世，母亲后来改嫁。

"我更不愿告诉任何人，那并不是我的亲生父母，我不知那两个连着自己血液的人究竟在哪里。我也不想知道。我只知道，自己是蒲公英的种子，被吹到哪里，就可以长在哪里。随遇而安，冷暖自知。

"茉，我真的无法抑制内心的孤独与脆弱。茉，我也想要爱，想要被爱。"

莉说完这句话，把身体蜷缩在一起，双手捂着脸，小声地啜泣起来。茉慌乱了，小心翼翼地贴近莉，无比疼惜地用手臂环抱着她。

她用左手一遍遍地抚过莉干枯的长发，嘴里喃喃地说，"你会拥有爱的，一定会的。"

清晨的阳光从窗棂里照射进来，带着世俗的尘埃与倦意。茉把莉捂着脸的双手一点点掰开，当她望见莉装满忧伤的眼睛时，自己的眼睛也在那一刹那湿润了。

仿佛是看见了生命中的另一个自己。

4

午后，她们行走在街市。

路过一家卖鱼的小店，莉望见一条鱼在盛水的大盆外不住地跳跃着，极力挣扎，身体一次次与冰凉的地面撞击。那延续生命的水明明就在眼前，却像隔了万重山。

莉对茉说，"这鱼，像不像失爱的女人？"

然后，她走上前，将垂死挣扎的鱼捧起，放进水中。那条鱼在水中游弋起来，能感受到它那一刻心有余悸的惶恐。但，终是活过来了。

茉在心里默默地说，谁来拯救莉，让她可以像这条鱼一样，再次获得重生？

几天后，茉离开小城时，莉在车内亲吻了她的脸颊。莉也准备择日回上海。

这样温暖的亲吻，是她们惯有的道别方式。

5

回到武汉后，茉又重新回到她按部就班的工作与生活中。她对人情世故看得很淡，下了班不喜欢与公司同事有过多交往，吃饭聚餐K歌也极少参与。一个人的时候，她更愿意带着她心爱的相机，拍摄路边的花草。

独处会带来思省。

有一天，她在公园拍摄，偶遇一个小孩童在路边摘下一朵丰硕的蒲公英，然后用鼓起的小嘴呼出气息吹散蒲公英花的种子。

她突然想起了莉。

她们平时很少联系，但是内心的牵念只有自己知道。茉给莉发了一个很简短的讯息，"希望这一刻的你过得幸福。"

片刻后，手机接收到了来自莉的回复，"我不要幸福，我只要快乐。"

四个月后的一个深夜，茉正准备入睡，手机铃声突然急促地响了起来。一看屏幕，来电提示竟是莉。

茉突然有一种不祥的预感，慌忙按了接听键。茉听见了电话那头莉撕心裂肺的哭声，哭诉也是断断续续的，"茉，一个月前我刚做了药流……连我自己都不知道孩子的父亲是谁。今天清晨起来，床上都是血，污浊的血，黑色的血……它们从我的下体流出。茉，我感觉我快要死了。

"茉，我好痛。

"茉，救我。"

很久很久以后，茉最后悔的事情依旧是那一次接听了莉的电话后没有立刻赶去上海，而只是在电话这头不住地劝她去看医生。

两天后，当茉再打电话给莉的时候，手机的提示音是该号码是空号。之后，她再也联系不上莉。

某一日，茉梦见了莉，梦中的莉躺在一摊血泊中，白色的裙子上染了浓稠的血腥。莉躲在墙角，一直哭，一直哭……

醒来后，茉的内心充满灼痛与恐惧，立刻收拾了简单的行李赶往机场。

抵达上海后，茉去了第一次她与莉相见的公寓，十九楼，焦急按响门铃。片刻之后，门打开，站在面前的不是莉，而是一张陌生女人的面孔。

"请问莉在吗？"

"不在，她已经把这套房子转让给我了。"

"你知道她去哪里了吗？"

"不知道。"

当门被重重关上的那一刻，茉的内心一阵绞痛。她缓缓地蹲下来，嘤嘤地哭了。

"对不起，莉。我把你弄丢了。"她在心里无数次地责备着自己。

除了莉的住址与电话，她对莉一无所知。她用了一个星期的时间走遍了上海的大街小巷，试图能在某一个街角与莉相遇，然后告诉她，不要害怕，有她在。

她从未如此迫切地想要见到一个人。

一个星期之后，她终是带着无尽的悲凉离开了上海。

此后，莉再也不曾出现在茉的世界里。不知为何，茉会时常梦见莉，梦见她不化妆也有无尽风情的脸，梦见用手臂搂住她瘦且单薄的背脊，梦见她们在麦浪里牵着手奔跑，奔跑，最后飞了起来。

每每醒来后，枕巾都会湿润。

茉知道，莉没有死。她一定很好地活在这个世界上，莉自己说过，她是蒲公英花的种子，飞到哪儿就能在哪儿生长，随遇而安。

想念莉的时候，茉的心里会痛。

她记得莉说过，只有真的爱过一个人，怀念对方的时候才会痛。

茉是爱莉的，如同爱着生命中的另一个自己。莉是她藏在黑暗里的影子，许多人都想堕落，可是不是每个人都有勇气堕落。

茉守着生命中那份墨守成规的"恰当"，守着白日里呈现给世人的素净与纯白，她也爱莉肆无忌惮地活，即使颠沛流离也是风情的，性感的，特立独行的。可她没有勇气走向一个没有光的世界，她知道，一个走进黑暗世界的人，内心要有多么强大，才能承载所有的孤独与不堪。

想念莉的夜晚，茉会关上房间的灯，在黑暗里点燃一支香烟，依旧是粉红色壳子的520女士香烟。烟嘴上有心形的凹陷。

她将烟雾从嘴角慢慢吐出，感觉灵魂里的孤寂也随着它们在这黑色的空间里舞蹈，狂欢，最后，终归于沉寂。

6

十年后，茉三十五岁，早已成为了相夫教子的女人，丈夫是公务员，一切都是听从父母的安排。

她并不爱这个男人，他无法给她爱情，只能给她踏实平稳的生活。她深深地体会到，与一个不爱的人在一起，内心始终都是孤独的。可是她无法冲破现实的藩篱，她已经习惯了守住自己的安稳日子。

她唯一感激这个男人的是，他们拥有了一个可爱的小男孩。这是她生命的延续。

一日，下班归来，她收到一封信件。已经有很多年没有收到手写信了，她感到诧异。撕开信封，将信纸摊开的那一刻，她的眼泪夺眶而出。

茉：

我是莉。你还记得我吗？我想告诉你，这么多年过去了，我从未忘记过你，你一直存在我内心最洁净最温暖的地方。

十年前，我与你不辞而别。我没有告诉你，我去了英国。在我最痛苦的那段日子，我时常会在梦里梦见英国的小镇，那里的一切让我能感到光的照耀。

你知道，我是一个随心的人。之后，我便离开了上海。我早已尝够了这座城市的冰冷，因此，在我离开的时候，没有丝毫留恋。我不留恋这座城市中曾陪过我的任何一个男人，坐上飞往英国的飞机，我内心牵念的只有三个人：我的母亲，年少时跟随了五年的那个男人，还有你。

这十年，我一直在这个国家。你一定会问我过得怎样？茉，让我慢慢告诉你。

抵达英国后的前三年，我一直在旅行中度过。在上海那几年，我积累了一些资金，它们足够我走遍英国。我一边行走，一边学习英语。我学得很快，三年之后，我能够用很流利的英语口语与路途中的外国人对话，交谈。

三年后，我的余钱已不多，选择了英国最美的海边小镇Scarborouhg安顿下来。我开始尝试去挣钱，自己养活自己。我在小镇的一家咖啡馆当服务员，工作之余我学习怎样调制咖啡。我喜欢卡布奇诺，它的浓香让我着迷。

那时候，身边并不缺乏追求我的男人，他们长得真好看，蓝色的眼睛，挺拔的鼻梁，高大健硕的身型。可是茉，我不爱他们。我依旧独处，一个人的时候，我会在阳台上养一些花草，会在某个有阳光的日子坐在摇椅上阅读托马斯·特朗斯特罗姆的诗集，会在厨房烹制一盘牛排。当然，茉，我非常想念家乡的米粉。那种味道，我一辈子都无法忘记。

在我三十岁那年，我在咖啡馆遇见了Christian。那时候，我已是咖啡调制师。他每次来都会指名要我为他调制一杯卡布奇诺。

是的，他也喜欢卡布奇诺。

我们总会有长时间的交谈，聊中国与英国的文化，文学，摄影，咖啡，或者只是聊如何将一只猫长久地养在身边，互相依伴，彼此不伤害。

茉，从他蓝色的眼睛里，我能看见自己的倒影。那影子并不是我黑暗时的模样，在他澄澈的眼睛里，我看见了自己最为纯净的一面。

他的蓝眼睛与我见过的所有英国男人的眼睛不同，那里面有温存。

茉，在他面前，我可以回归到一个孩童。并且，我竟诧异地感叹，我也可以如此美好。

那一年，我嫁给了他。这个比我大十五岁的离婚英国男人。他没有小孩，他说，我是他的妻子，知己，母亲，孩子。是他这四十五年遇见过的最心爱的女人。

茉，我喜欢他紧紧地将我搂在怀里，他强而有力的大手环抱着我，我的脸贴在他的脖颈，似乎要融化在他的身体里。那种踏实的幸福感，从未有过。

后来，我们有了一个小女儿。她是我们生命的结晶，长得灵动可爱，清澈的大眼睛，自然卷曲的黑发，嘴巴像我，薄薄的。嘴角有一个浅浅的酒窝。

如今，女儿已经有四岁了。我们生活在英国的小镇，与世无争，内心安稳富足。茉，能与爱的人在一起，是一个女人最大的幸福。

十年前，你曾发短信愿我幸福，我当时内心稚嫩叛逆，觉得快乐才是真。但是我现在真的很想再接过你的这句祝福。我愿幸福一生。

茉，原谅我的不辞而别，原谅我十年之后才联系你。我只愿你在多年之后再见到我时，我会是一个内心通透饱满的女人，而不再是堕落叛逆世俗的忧伤女孩。

十年前初见你的那个春天，我就发自内心地喜欢你，想要对你好。你知道么？那时候我仿佛是看到了生命中的另一个自己，那个活在阳光下的自己，有温暖的亲情，有纯白的梦想，有洁净的内心，有薰衣草般的爱情，有安稳踏实的生活。茉，你像茉莉一样，浑身散发一种清香，让人乐于亲近。而我，是一朵盛开的罂粟花，伤害别人的同时，也伤害着自己。

茉，其实没有谁想活在黑暗里，没有谁希望自己堕落。每一个堕落的孩子都渴望找到救赎，渴望得到重生。

二十几岁的时候，我觉得这个世界早已将我丢弃，所以我自暴自弃，自甘堕落，依附着别人去求生，从不爱惜自己。这几年，与Christian一起生活后，我逐渐知晓，每个人都应尊重自己的生命，上帝将伤害与疼痛给予你，你不能以为他不爱你了，因为那些幸福与甜蜜一直躲在痛的果核里。只要你不丢弃自己，总有一天你会收获更多。

以前我总是怨怼这个世界待我的不公，可是如今，我深爱并感激着它。我热爱当下的生活。

茉，期待有一天你来英国。我相信我们还会再见面。

你会看见一个不一样的莉。

念安。莉

　　黄昏的光晕染在信纸上，薄薄的几页信纸似乎也染上了一层旧时光的气息。

　　茉拿着这封信，久久地望着，内心早已百感交集。可是，她的心里更多的是温润，是欢喜。为着心里日夜牵念的另一个自己。

7_

　　次日吃过晚饭后，茉主动要求与丈夫、孩子去郊外散步。丈夫受宠若惊，她从未有过这样亲近相伴的邀约。但是茉知道，丈夫的心里是喜悦的。

　　郊外，孩子在前面快乐地奔跑，茉与丈夫走在一起，她牵起丈夫的大手。那是一双粗糙的大手，却厚实有力。这样手牵着手，慢慢地行走在田间小路上。如同少年时期与亲密恋人的相处。

　　莉的信让茉恍然明白，人生应珍惜当下的幸福。不要觉得你不爱身边的这个男人就无法获得幸福，其实只要你用心去珍惜，依旧会有爱。

　　小孩在前面停了下来，蹲在草丛里摘下一朵蒲公英，然后兴奋地唤着，"爸爸妈妈，你们看，蒲公英。"说完，他对着蒲公英呼出一口气，蒲公英小小的种子到处飞扬。

　　茉在心里轻轻地说，莉，一生幸福。

　　我们都要，一生幸福。

以 南 ， 不 哭

1

八十年代末，周以南生于重庆一个少数民族家庭，家中排行老三。她的到来并没有让父亲高兴，甚至还有些失望，家中已有两个女儿的他，更希望她是个儿子，可天不遂人愿。

因为以南是属于政策外超生的，家里马上就面临着一大笔罚款，1989年时的一千五百元罚金，对于一个贫穷的农村家庭来说这无疑是一笔天文数字，所以将她送人是唯一的选择。就在父亲把她送走后的第十一天，因为别人的告密，家里最终还是被罚款，父亲东拼西凑弄好了钱，奶奶气不过又偷偷地去把她背了回来，当时她只有二十多天大。因为奶奶的坚持，她终是回来了。

从小她就比较孤僻，老是喜欢一个人待着，别人都认为她是个怪胎。因为家里穷，她小学毕业就没再上学了。

十二岁的她在家干了两年农活，十四岁就跟姐姐去深圳打工。初到深圳，感到一切都好新鲜。这些人怎么那么有钱，这是她第一声感叹。

她没成年，没有身份证，姐姐只能帮她找小的电子厂上班。老板要看身份证，姐姐就称丢了，在补办，很快拿来，说她绝对已成年。加上她从小就长得比同龄人高大些，老板也就不怎么怀疑。包住不包吃，四百五十元一个月，安顿好她后，姐姐就回她所在厂上班。相隔不远的路程，她只觉得好远好远。

从此，她开始了在深圳的第一份工作。电子厂没有一个认识的人，开始很不习惯，没日没夜地工作，老板却还以种种理由扣她工资，她哑口无言。她想家，天天晚上哭。更可气的是，同宿舍的那几个广西的女孩子也欺负她，她只一人，无力抵抗。每天下班后她必须等她们都洗完澡后，她才能去洗，而且还不能发出声音，说吵到她们睡觉。有一次她顶撞了她们，下班回来后她的被子全湿掉了，尽管她知道是她们几个干的，可那又能怎样，她无力抵抗，只能忍受着这份欺辱。

早上她也比她们起得早，如果不早的话，等她们洗漱好再去洗漱，上班就会迟到，这样的日子真累。每月最高兴的，还是发工资的时候，除去三百元寄给父母，剩下的自己留作生活费，心里也安慰点。

就这样过了两年后，她办了身份证后换了份工作，餐厅服务员。开始老做错事，带她的领班天天骂她，她不知道领班为什么那么讨厌她，多少次想着要是不上班多好，如果她还在读书多好，可想象是美好的，现实却是残酷的。这种难熬的日子不知何时才是头，因此她更加沉默、孤僻。

2

2006年的一天，周以南工作的餐厅新招来了一个同事，他叫范磊，也是重庆人，独在异乡的她觉得终于遇到个老乡，心里很安慰。

那时候他刚从云南的文山州复员，浑身散发着军人的气质，干活很有力气。范磊也很照顾她这个老乡，给她讲部队里很多有趣的事，年少的她因为一直处于孤独状态，很渴望有一个人能保护她，给她肩膀可以依靠。范磊填补了她心中的空缺，两个年轻人自然而然地谈了恋爱。这一年她十七岁，他二十岁。

有一次她下晚班回租住屋的路上，在一条小巷里被一个男人抢劫了。身上的诺基亚手机和五百元钱全被抢了。那是她准备寄给父母的钱，她又害怕又气愤，眼泪止不住地往下掉。

她去找了他，他安慰她，"人没事就行，钱没了还可以慢慢挣。"末了，送她回了家。

几天后，范磊主动对周以南说，"干脆我们住一起吧，反正我们迟早会结婚的，这辈子除了你我谁都不要。"当时她被爱情冲昏了头脑，也是抱着跟他过一辈子的想法就同意了，他们开始了真正的同居生活，她也从一个女孩变成了一个女人。

开始的时候他一切开销基本上是AA制的，虽然住在一起，可他要负担他父母，而她也有她父母，就各顾各的。日子过得也相对安稳，可好景不长，半年后，她发现自己怀孕了。起初她一点也不知道，直至孩子在肚子里整整三个月她才发现。孩子的到来让她害怕极了，她该怎样面对她的父母与家乡的亲人？在他们那个封闭的小山村，可想而知，他人的口水都会淹死她。

她告诉他无论如何都不能要这个孩子，太丢人了。因为他们还没有到法定的结婚年龄，即使生了孩子也领不到结婚证。他拗不过她，还是和她去了医院，准备做流产。医生告诉她由于胎儿已有三个月，不能做流产，只能做引产手术。她不懂这两者之间有什么区别，医生说，引产就是直接让孩子死在肚子里，在肚子上打一针，然后再生一个死胎出来。她当时吓得腿一直抖擞，太可怕了，她第一次感受到绝望的力量，深陷于复杂的情绪与荒诞的现实，挠得人生疼。

他坚持不要以南上班了，把孩子生下来。她也想过，可一想到家里爱面子的父母脸都会丢尽，她又犹豫了。带着繁冗复杂的心情她离开了医院，没有做手术，医生要她尽快做决定，孩子越大越危险。她束手无策，悲恸大哭，他也一直沉默，后来告知了他家里的父母，范磊父母高兴地说一定要生下来，那是一条命啊。

她何尝不知道那是一条生命，可她心里的恐惧无人能深切体会，她太害怕父亲了，幼时他的一个眼神都会让她怕上几天。她天天以泪洗面，整晚整晚地睡不着，终究留不下这个未经人世的可怜孩儿。又去了医院，那医生见她眉头愁得深深，仍犹豫不决，劝她说生下来吧，孩子都成形了，反正你们迟早都会生的。可就是这迟与早的区别，她痛苦不堪，一边是对父母的害怕，一边又是对孩子的不舍。不知道为什么冥冥之中有安排一样，她觉得她能感受到他的存在，他的一切，让她不舍。这次又从医院回来了。与其生个死胎出来，还不如生个活的，不打胎了，就生下来吧。可面临最大的问题就是怎样去跟她父母说这么丢脸的事。每次想到这里，她都会抹眼泪。她去跑步、跳跃、爬楼梯……她想通过这些激烈的方式，让孩子自己掉下来。可肚中的孩子却闷不发声，越发成长起来，一点掉的迹象也没有。

日子平平无澜，转眼间，以南怀孕已六个月，她也早已没有上班。这时候的范磊渐渐显现出了自己的坏脾气，天天吵架，一点鸡毛蒜皮的小事也吵得不可开交，他们彼此不相让。以南无可奈何，孩子都这样了，她还能怎样呢。就是这种想法为日后生活埋下了苦果。

最终她鼓起勇气向母亲交代了这一切，母亲对她劈头盖脸一顿臭骂。一方面是对父母的害怕，一方面是与他的争吵，她身心俱疲。后来范磊父母去到以南老家沟通，她父母的态度好了些，以南回了范磊老家麒麟村生孩子。

不久之后，他们双双回到老家，因为还没到法定结婚年纪，所以领不到结婚证，就只是举行了一场简单的婚礼。大着肚子的新娘让别人笑得不可开交，这在她们村还是头一遭。结婚当天，先是她的额头在车上撞了一个包，把她接去他家后，他家门前的一棵老榆树，突然断落了一大截枯枝，吓坏了好多人。她觉得这兆头不好，但也没往多处想，就这样开始了他们的婚姻生活。这一年，她十八岁，他二十一岁。

3

婚后他们太多的观点不能统一，依然天天争吵。范磊毕竟太年轻了，没有一点家庭的意识，成天与一帮兄弟厮混，对她、对家里不管不顾。最不能让她接受的是他赌博，还借高利贷。

第一次借了三万，每天利息三百，后来范磊把所有钱输光了，回家找他父亲要钱还债。他父亲知道后，对儿子说，"这钱可以给你还债，但以后你不能再赌了，那东西我们还不起，你现在有老婆孩子，好好过日子吧。"

他信誓旦旦地保证以后绝不碰牌，再赌就剁手。此后，他在家安分了几个月，可这几个月里他什么都不做，还要她大着肚子伺候他，嫌弃妻子清闲无事准备找点事给她活动活动，说他妈妈怀孕的时候还上坡砍柴，她太娇气了。对这一切，她只能沉默，谁叫自己当初那么天真呢。

因为没钱去医院，就花了两百元请了个接生婆到家里来。在痛苦了两天一夜后，她在家里生下了一个女孩。谢天谢地，母女都平安。孩子的到来并没有唤起他做父亲的良知，见到女儿第一眼的时候，他当着接生婆还有他母亲的面说，"屁本事没得生个女儿，我兄弟伙婆娘生的都是儿。"

听到这句话，以南双手艰难地揪着被褥，她的心在一点一点往下滴血，眼泪止不住地掉下来。在她肚子疼痛难忍的时候，他在呼呼大睡，没一句体贴她的话。她叫他起来，他还发脾气说她一点苦都吃不了，别人生孩子那么容易，就她事多。把她一顿骂，然后转身去他弟弟房间睡。

看见她哭，接生婆说你千万别哭啊，你才生完孩子现在又哭，你不要命了。

是啊，她的命又能值什么呢？她的父母都没有办法，她又能怎样呢？她在心里一遍遍地对自己说，这就是老天对我当年不负责的惩罚吗？这就是我的报应啊！

范磊白天什么事都不做，就跟着他所谓的兄弟骑摩托车出去转悠、打牌，丝毫没有想到她还在家苦苦挣扎。

因为他赌博，总向别人借高利贷，他父母每天都是早出晚归地打零工挣钱来还债。刚开始坐月子的几天她不能动，都是孩子的祖奶奶给她做饭吃，尿布等到晚上婆婆收工回来洗。他还是整天对什么都不顾不管，再怎么说他骂他都没用。

她能走动的时候就自己下地去做饭，边做边流泪。她们老家有风俗，女人生完孩子外婆都要送鸡蛋。她母亲提着好多鸡蛋来看她们，母亲问她过得好不好，她说挺好的，什么都不用做，她母亲没有丝毫的怀疑。她生怕自己的眼泪不争气，忙说她饿了，叫母亲帮忙去给她做饭吃。

她的母亲从小没有上过一天学，一个字也不认识，当年因为家庭贫困，再加上家里三个女儿的负担，父亲因为没有儿子对她嫌弃，所以母亲的性格极不好。一生气就全往她们三姐妹身上撒，她和姐姐们就是在母亲无休止的咒骂声中成长起来的。

周以南曾经无比地恨她，为什么别的母亲那么好，而她的母亲却是这样的。

她一直是穿着解放鞋长大的，特别渴望一双那个时候非常流行的白布鞋，可这对以南来说却是个遥不可及的梦。她也对母亲说过这个想法，每次都被骂得退缩了，所以她十四岁就逃离家，也离开了她。她想远离的，不仅是她性格暴烈的母亲，她想远离的，还有来自家里无法掩盖的贫穷。

在她做了母亲后，她开始理解了自己的母亲。她多想抱着她大哭一场，告诉母亲，她的日子有多难，可她自己知道她不能，路是她自己选的，这一切都是命呀。她不能让他们再替她难过了。

4

母亲住了一天后就走了，周以南的生活又回到了从前。

由于身子羸弱，加上月子中饮食平常，周以南的奶水有些不足，看着孩子嗷嗷寻奶的急样，她叫范磊到镇上去给孩子买包奶粉，他去了镇上整整三天两夜都还没有回来，她担心他是否出了意外，以南不顾自己尚在月子中的羸弱身子，一路小跑到田头唤公公。看到以南一脸憔悴的疲态，公公忙叫她回家休息，自己去找了一整天也没有找到儿子，第三天的时候他自己回家了。

出现在她面前的范磊，简直憔悴得不是人。他掏出一万块钱说，"老子去打牌了，这是我赢的。"

她问他哪来的钱去打牌，他叫她不用管。出了月子后她才听到别人说他又借了五千元高利贷。他那天手气特别好，已经赢了十万，因为贪心最后只剩一万。

她当时拿着这一万块钱，已经猜到他一定是去赌钱了，近乎乞求地对他说，"以后不要去了，那东西会害死你的。"

他一下子就急了，"你给我闭嘴，有钱了还这么多话，真他妈不该回来。"

她绝望地喊道，"那你就不用回来啊，你什么时候管过我们母女吗？"

他听了，啪地给了周以南一巴掌，然后愤愤地说，"叫你话多，你看看你像什么样子，我都懒得看你。你自己说你像个女人吗？"对她说完这些话，他就去睡觉了。

她抱着孩子一个人默默地流泪。

第二天早上她把钱给了公公，叫他保管。因为她担心范磊还会死心不改地去赌。果然不出所料，下午的时候，范磊叫她给他两千元钱有急用。她说没有钱，叫他找他父亲要。

范磊不信她，他就像一个吸毒的人需要毒品，疯狗一样到处找钱。找不到就把花瓶、玻璃杯、衣柜的门，还有房间的门全砸了，一直叫她给他钱。他的这种疯狂让她彻底死心。

她也想过离婚，但是她不敢，当年未婚先孕已经是新闻，如果现在离婚，全村的人会笑话死她的。她就任由他自生自灭吧，管他是不可能了。

周以南坐月子期间他都是跟她一起吃的，说她吃的好些，天天有鸡蛋吃，还叫她少吃点，小心胖，他才该多吃。他母亲骂他不是人，良心被狗吃了，他连母亲一起骂。她恨自己瞎了眼，这么一个混蛋男人，怎么会跟了他。太多的后悔、愧疚、自责压在心里，长久地伴随着她。本该好好静养身体的她却浸泡在痛苦的深渊，几乎每天的以泪洗面也给她带来了严重的病根，一直到很多年以后，她的眼睛都模糊看不清东西。周以南曾无数次问苍天，这一切都是为什么。

在她孩子满月后，她就开始自己洗尿布了，因为婆婆太忙顾不过来。大冬天，那水真是冷得刺骨，可远远没有她的心寒。从孩子出生到现在，他没有尽到一点做父亲的责任，没有抱过女儿一下，还觉得她没用，让孩子哭吵得他心烦。她想这就是她的命吧，老天要这样作弄她，她除了接受还能怎样呢。无济于事，凉薄见长。

5

范磊在家里好不容易安分了一个月，在孩子六个月的时候，还是抵抗不了诱惑，又去赌了。这一次他借了六万元的高利贷，第二天高利贷贷主上门找她要钱，周以南才知道丈夫恶习又犯了。她对贷主说，她没有钱，什么都没有。

那天晚上范磊悄悄跑回来了，口袋里还剩五百块。他叫周以南去娘家借钱替他还债，她没有理他，他就去找了父亲。她在门口看见他父母在椅子上号啕大哭，说还不如杀了他们痛快。那一晚注定是无眠的痛苦。

她记不清这是他第几次借高利贷了，前前后后输了十几万，这次是借得最多的一次。凌晨，范磊的父亲来找她，对她说，"已经没有钱还了，叫他自己跑出去打工，你有什么意见？"

"没意见，让他赶快走。"她一刻也不想再看到范磊，他就是个祸害。

就在那个凌晨，他看都没回头看她们母女一眼就走了，计划着去福建石狮打工，其实就是躲难。

他走后家里又恢复了平静，可她没有一分钱了，带着孩子她不能没有钱。婆婆有时候会给她二百元，但是这远远不够。她把孩子给祖奶奶带，她跟着一些人下河去背河沙来卖，一天会有五十元，背得多就赚得多。河沙太重了，一天下来肩上起了泡，累得像狗一样。晚上还要照顾孩子，那难受的滋味只有往肚子里咽，闭着眼睛抱孩子，站着都能睡着。

坚持了一个月，因为长期没休息好，她的奶水不足，孩子天天哭，她也整天看起来病恹恹的。范磊的父母就没让她再去背河沙，让她在家休息。这时候她特别想自己的父母，她想回自己的家。

她忍不住心中的煎熬，告诉了公婆。公婆同意了，她就回到了娘家。回娘家后，有母亲帮忙她轻松多了。

母亲问她，"几个月不见你怎么成这个样子了，他们对你不好吗？"母亲在女儿们都长大后脾气也变好很多了。

"好得很，就是带孩子太累了。"她说这句话的时候是低着头的。"没事，现在还有我呢。"母亲说这话的时候，把煮好的山鸡盛在碗里递给以南。她边吃边落泪，这世上有一种爱就是如此吧。

在娘家住了将近一年，她一直以种种谎言来维持范磊在父母心中的形象，说他为了家庭的生活在外面打工不容易，她在欺骗着她深爱的父母。

过春节时范磊没有回来，她父亲问她，"过年怎么也不回家来看看你和娃？"

她骗父亲，"过年上班一天有三天的工资，现在有孩子不一样了。"

她在心里对父母深深地表示内疚，可她哪敢告诉他们，范磊是因为高利贷追债才一直不敢回来的。

这一年女儿长大不少，慢慢地学会走路了。他也打过几个电话给她，说的就几句不变的话，让她把孩子留在家，去他那里打工。她不同意，觉得女儿太小，她舍不得。他们就无数次在电话中争吵，骂着最难听的话。陌生的人听到他们的对话方式，根本没法相信他们会是夫妻，反倒像是苦大仇深的人。他一直觉得她不出去跟他一起打工的原因是她有了别的男人，他对她除了怀疑什么都没了。

这一年他没给她寄过一分钱，也从未关心过女儿，她心里是多么地恨他，可她更恨自己。她想着把女儿带大点，就自己出去赚钱，以后就这样守着这个破碎的家。

6_

一天晚上，范磊的父亲突然打电话叫她回家，说有事情找她商量。她想着一定有什么急事，所以马上带着孩子往回赶。

范磊的父亲说儿子在外面出车祸了，现在需要人照顾，她必须马上去福建。她没得选择，只有舍下年幼的孩子，第二天坐上了去福建的客车。

她抵达的时候是一个女人来车站接的她，说是范磊委托自己来接的。周以南没多想就和她去医院看他。

范磊看到周以南的第一眼就说，"你怎么穿得这么土啊，简直就是一个活脱脱的土包子。"

她用沉默回答了他对她的鄙视。

没一会儿，接她来的那女人就走了。

范磊就一点轻微骨折，医生说过了今晚就可以回去了。

晚上一个护士来问她，"你和他什么关系？"

她说，"是他老婆。"

护士笑了，"他到底几个老婆啊？今天走的那个女人这一个星期天天在这里和他睡一张病床，他给我介绍说是他老婆。今天又换了你，这关系真乱。"

她立马意识到，在电视上才出现的"第三者"来到了她的婚姻里。她忍着没去问他，她怕别人看笑话。出院后，回到他租的房子里，她问了他与那个女人的关系。

范磊毫无愧疚地承认了，"叫你出来你死在家里不出来，我是个男人有生理需要啊，喜欢我的人大把呢。"

他居然还觉得自己有理，周以南很想臭骂他，可想到女儿她忍住了。

范磊仗着自己的腿伤，支使她干这个干那个。她低着头默默地干着活，活脱脱的一个保姆，辛苦做完一顿饭，他不吃，她刚把饭菜放进橱柜里，他又叫她重给他做。她忍无可忍就和他大吵了一架。

他给了她一个重重的巴掌，"你不做，我叫凌瑶来做。"

凌瑶，就是那个去车站接她的"第三者"。他打了一个电话，十五分钟后凌瑶就来了，还买了好多零食给他。范磊与凌瑶两个人坐在床上说着话，相互喂着东西吃，此情此景，如果杀人不用偿命的话，周以南会毫不犹豫地把刀向他们砍去。吃过冷掉的饭，咽过碎牙的气，走到这里，越发失了脾性。吵架，厮打，离去，却无法离婚。她除了有一个与他共同的女儿，他与她之间，注定从来只是她一无所有。

范磊叫以南洗衣服、打扫卫生，一边给凌瑶喂薯片，一边说，"你看看你和凌瑶比起来哪有点女人样。凌瑶比你大五岁呢，看着比你年轻多了，你就活脱脱是个乡巴佬娘们儿。"

她狠狠地看着面前的这对狗男女，他说，"你还不服气啊，我说错了吗？我看着你那鬼样子就烦。凌瑶今晚不回去了，住这儿。今晚我睡中间，你们一人睡一边。"

她心里恨透了这个混蛋，"你以为你是谁，你这个混蛋，你会有报应的。"

她叫凌瑶走。

凌瑶翻着白眼说，"你走我都不走。"

她举起右手想打这女人一巴掌，被范磊挡回去了，她就这样跟他们两个打了起来，被他们打得鼻青脸肿。

那一晚，凌瑶在凌晨一点的时候走了，她一个人在厕所静静地坐着，脑子里想着太多太多的事。

他在房间里叫她出来。

周以南出去后他一把将她压在床上，睁着色眯眯的小眼睛对她说，"这么久了你都不想我啊？今晚我满足你一下。"

她拼命地挣扎，咬了他一口，范磊又是一巴掌抡过去，还踢了她几脚，叫她去阳台待着，他自己就睡了。

那晚的月亮好大好圆，她在月亮下跪了三小时。

她一遍遍地问月亮，这就是我的报应吗？苍天啊，你为何如此待我？接下来的路我该如何走下去，我有何颜面面对我的父母？如果我离婚的话，他们会不会不认我这个女儿？我的女儿又怎么办？

她想到了死，活着太痛苦了。她站在十楼的阳台，想着如果一跳或许什么痛都没有了，可她想到年幼的女儿，这个混蛋男人那么可恶，如果她死了女儿会更可怜。她心软了，不能死，她要活着好好带大她的女儿。

这一夜，周以南是圆睁着双眼，看着黑夜一点一点地翻滚成鱼肚白。

7

天亮的时候，凌瑶又踩着红色的高跟鞋来了，鞋跟在房子里发出"嗒嗒嗒"的声响，每一声都像砸进了她的心里。范磊叫周以南做饭，他与凌瑶在房间说说笑笑，好似她是个不要钱的保姆，而那女人是他的正当老婆。

做好饭的时候，她想在菜里下毒，她想要毒死这对狗男女。可她知道这仅仅是想想而已，毕竟她没那么大胆量去杀人。

饭间，凌瑶嗲声嗲气地说，"你喜欢吃番茄蛋汤，多吃点。"接着夹了一块番茄喂给他吃。

周以南觉得心在滴血，可她却无能为力。一直到夜里十二点，等那女人走后，她说，"你为什么要这样？如果你还想跟我过，为了女儿我愿意原谅你，如果你不想跟我过，我们就离婚吧。"

他把头扭到一边，轻蔑地说，"你这女人太小气了。人家替你照顾我，你不但不感谢还恨别人，你有胆子就离婚，你以为你还是当年的黄花大闺女啊。你现在不过是个二手货，离了我谁要你啊。"

这段话，字字如刀般插在周以南的心上。在他的心里，他是料定了她不敢离婚的。因为他了解周以南有太多的顾虑，所以他可以不把她当人看，肆意地羞辱她。周以南就是捡来的一个臭丫环，他依然让凌瑶天天来陪他。

租的房子很小，就刚好放一张床。他们就这样天天在床上聊，有时累了就躺下有说有笑。对于眼前发生的这一切，当时还年少的周以南根本不知道如何处理，她该怎样做，没有人给她答案。除了眼泪她什么都没有。

终于在第十天的时候，他说她做的菜不好吃，叫她重做，问她又在想哪个野男人了。

她说，"不吃就不吃吧。我不会重做。"

就为这句话他们又狠狠地吵了起来，他又打了她。看见那女人在旁边笑，周以南拿起板凳就要砸她，范磊看见后就一把将她推开。他们再一次扭打在了一起，这样的日子让她崩溃，她知道再这样下去她一定会死的。

她顾不了身上的伤冲到楼下打电话，把所有的一切告诉了她二姐。

她无比坚定地说，"我要离婚，就算这一切是老天爷给我当初对自己不负责任的报应，我也受够了。"

二姐听着她说的话，忍不住大声哭了出来。

二姐说，"你这个傻瓜，受了那么多苦，你为什么不早说出来，你是不是要等他把你打死才离婚？"

她像一个疯子一样在电话亭哭了起来，鼻子里还流着血。

"以南，马上离开福建回家，爸爸那边交给我去说，以后你就带着女儿去我那里住。"对于二姐的情义不仅仅是用感动来形容，这血浓于水的亲情才是真实的。打完电话，她去药店买了点药搽身上的伤，很多人看见她的样子，那眼神就像看怪物一样，她为自己深深地感到可悲。

回去的时候，凌瑶走了。她不知道那天她为什么走那么早，是觉得自己胜利了还是不想看这一片狼藉的屋子。她已无心去关心这些，因为她此时打定主意要离开他。

她说，"我打电话给家里人说了这些情况，我要离婚。"

范磊不相信，向她吼道，"你吓唬谁啊？你有胆子给你爸打电话说你离婚，看谁敢要你这个二手货。"

她狠狠地说，"今生我不再嫁人了，也要离开你这个混蛋。"

回来之前她给住在附近的同学赵丽打了电话，几小时后她和赵丽一起走出了租住房。此时的范磊好像才明白过来，她没有跟他开玩笑。

他说，"你离开我一定会后悔的，要不了几天你一定会来求我。"

周以南不想再浪费一丝的气力来回答他，她眼皮都不抬一下就走出了屋子，在她的心里这个男人已经死了，她知道自己不会后悔，心中唯一担心的是该怎样面对她的父母。

周以南在同学赵丽住的宿舍休养了三天，才买了回家的车票，她不想父母看到她身上的伤。她知道就算她再不孝，父母还是爱她的。她感动于赵丽对她的照顾，赵丽是她的小学同学，她们已经有很多年没见了。住在赵丽那儿的第二天晚上，她高烧四十度，赵丽大晚上的跑出去给她买药，没有上班在家陪她、开导她，这份恩情她铭记在了心里。

　　在回家的客车上，她的老毛病又犯了，扁桃体发炎，这是最严重的一次，身上的疼和心里的疼使她心力交瘁。她一遍遍地想着回去后会面临的一切后果。她该怎样去承受村里人对她的指指点点，去接受别人的漫骂。

　　两天一夜的车程结束了，她一进门看见父亲就跪下来，"爸，我错了，请您原谅我不孝，给您和妈丢尽了脸。可如果我再不离婚，我就会死的。"

　　母亲看见以南一下哭了起来，父亲蹲坐在门口的小木凳上，低着头一支支地抽着烟。不知道过了多久，她听见父亲闷声地说，"你起来吧，这就是你自己的命。是好是坏你都得扛。"父亲让她把女儿接来，其他什么东西都不要了，因为他们没有结婚证，她无法得到任何补偿。

　　她回到了范磊的老家麒麟村，准备带着女儿离开。

　　范磊的父母强力挽留她，叫她为了孩子不要离婚。公公马上打电话给范磊，叫他回家，希望取得她的原谅。

　　周以南以为他不会回来，没想到晚上他悄悄地回来了。他父亲要他给她道歉，他也做了，可她越看他越恶心，一分钟都不想再看见他，她就抱着女儿躲进屋里。

　　周以南的母亲见她去接女儿迟迟没有回去，就亲自来接她。她的母亲看到范磊就破口大骂，还要去打他。她制止了母亲，一切都没有意义了。

　　他说，她走可以，女儿留下。

　　周以南坚决不同意，不能让女儿跟着这个混蛋。他们又吵起来了。

最终，范磊父母觉得是他们儿子对不起她，就叫她带着女儿走，不用管他。临走时她看了一眼这个所谓的家，让她没有一点温暖的家，她无一滴眼泪。那感觉就像身上卸下了千斤重担，居然一点伤感都没有。

后来范磊的母亲给她打电话，说那天晚上他也偷偷地走了，如果高利贷的人知道了肯定会找他要钱的。

其实范磊也是可怜虫，自高自大，自以为是。

8

回到娘家，她成了玉竹村的一个新闻。那时候离婚在村里还是个新鲜词，她创造了村里的一个历史纪录：未婚先孕，结婚一年就离婚。虽然她猜到了被议论的结局，可当事实到来的时候，她还是有点招架不住。

那段时间玉竹村饭后茶余的话题全是她，当然也有可怜她的，更多的是觉得她自讨苦吃，活该这样，是老天给她的报应。她把自己关在房子里，拒绝见任何人，女儿也不管。没有人能够明白当时的她是多么的后悔、自责、愧疚、无助。可是哭死又能怎样？她在心里告诉自己，我还有女儿啊，一定不能倒。

女儿当时才一岁，她不想那么小就单独留下她。

父亲说，"你就在家带孩子吧，我养你们母女。"

父亲的话深深地刺痛了她的心，她让父亲丢尽了脸，怎么还忍心让年近半百的父亲来养她呢？

她决定出去打零工补贴家用，找了好久，终于在堂姐的介绍下知道有锰矿厂招人，堂姐说，因为矿石粉尘毒性大，让她想清楚再去。

当时她已经顾虑不了那么多，她急需一份工作补贴家用。她进了锰矿厂，成了里面最年轻的工人，其余的工人都是四十岁以上的，可为了女儿她只能这样。刚开始以南觉得锰矿的味道真的很难闻，后来就慢慢习惯了。一个月八百块工资，从2008年十一月份做到了2010年九月份，很多人说，她那么年轻怎么不出去打工，这个有毒，做久了生育功能就没有了，可她实在丢不下年幼的女儿。因为愧疚和害怕父亲，她在家从不敢看他，经常是他进门她出门，他上桌她下桌。

在女儿两岁半的时候，同学赵丽到家里来看她。

赵丽说，“以南，你真的打算这样一直受毒气上班？你一生就甘心这样了吗？你为什么不出去看一看，闯一闯？你还有更好的时光等着你。”

她们聊了很久，赵丽的话深深地触动了她，她开始思索她今后的生活。几天后，周以南把孩子交给母亲照顾，毅然跟她去了重庆主城打工。到了重庆，处处高楼林立，她在心里对自己说，这就是我以后奋斗的城市了，重庆会接纳我这个乡下来的村姑吗？

随后以南与赵丽合租了一间房子，通过朋友的帮忙，她找到了一份发楼盘单页的工作。刚去工作的时候，她连洗面奶都不会用，更别说化妆了，她每天最多只简单搽一点润脸霜，看着赵丽摆在梳妆台上的那些瓶子，她第一次知道护肤还有那么多讲究。

赵丽一边涂着眼霜，一边对以南说，“一个女人首先要学会爱自己，这样才能赢得更多人的爱。”

在赵丽的影响下，她也学着用洗面奶洗脸，用睫毛膏把睫毛卷得老高，她还给自己买了人生中第一双高跟鞋。看着镜子中焕然一新的自己，她终于知道，每个女人都有变得美丽的底子。

她天天跑重庆的大街小巷发单页，被很多人拒绝过、骂过。开始做得很不好，她觉得自己很笨，也哭了很多次。刚好赵丽的男朋友也是做这个行业的，就教了她很多经验，她慢慢才找到了方法，后来自然把业绩也做上去了。周以南记得第一个月她拿到了两千八百元的工资，可能在别人眼里这不算什么，可对她来说，相当于她在矿厂三个月的工资，她已经很满足了。三个月后，老板让她直接在售楼部做销售，她成了一名真正的房地产销售人员。她很珍惜这个机会，看着镜子里的自己，一身职业装、高跟鞋，她好像慢慢地融入了这个城市。

9

跟着公司几年，辗转到了很多城市。因为她的学历不高，所以她在平时用了胜于其他同事几倍的时间去学习去摸索，她也从一个普通的销售员做到了主管，这一步步的上升见证了这么多年她的努力没有白费。

如今女儿已经上一年级了，看着女儿，周以南的心里有高兴，也有失落。小小年纪的她好像知道父母的事。

别人问她，"你爸爸呢？"她会大声说，"你不要再说了。"然后转身就走了。

看到女儿这个样子，她的愧疚无以言说。

是她让女儿承受了这么多，让女儿没有一个完整的家庭，让她的脸上有一种不该属于她这个年纪的忧伤。

这么多年，她一直没有找男朋友，她怕别人不能接受她，会对她不好。虽然她的事业在一步步走向稳定，可对于感情，她的心中始终有一朵叫自卑的花，她没有勇气去向别人讲述这些。她更怕女儿受伤害，她甚至不再相信这世上还有美好的爱情会降临在她的身上。

在二十六岁生日那天，她收到了赵丽的短信，"以南，最坏的日子都已经过去，剩下的都会是好日子。以南，不哭。"

放下手机，她把紧闭的蓝色窗帘打开，阳光倾泻在她的周身，她的目光望向远方，那些痛苦的记忆在阳光下慢慢蒸发掉，再没有范磊，再没有自卑和深痛。她知道，属于她的美好日子已经到来。

你 做 不 了 我 的 痴 梦 人

1_

　　这个七月的最后一天，南方持续的高温天气让院子里的夹竹桃树日复一日地暴晒在烈日下，白色的花朵似乎容不得一丝喘息的机会。万物都在期待着一场大雨，这种明晃晃的期待，苏净净也有。

　　清晨起床，她在日记本上飞速地写下：距离去英国还有四十五天。她把那个数字特别用红色加描了边。

　　是的，九月中旬苏净净就要去往英国曼彻斯特大学研修，可以有一年的时间在梦想中的地方生活与学习，她想着就觉得特别幸福。整个艺术学院研二的学生里面，只有这一个名额，无疑她是优秀的，也是幸运的。

　　她没有想到，七月的最后一天她遇到了一件比去英国更让她幸福的事情——遇见了林邵齐。

2_

　　她在新浪博客来客访问记录里随意打开了林邵齐的博客，他的认证身份是畅销书作家。

　　见到他放在首页的照片，苏净净一下子惊住了，照片里的男子剑眉星目，挺拔俊逸，他的眼神如火炬一般注视着前方。那并不是一张年轻的脸，是的，已不再年轻。他的脸色暗黄，有被岁月雕琢过的痕迹。略显干燥的嘴唇旁布满了细密的络腮胡。眼角边浅浅的纹路就如同一个泄露秘密的破绽，叫别人在无意间便窥探到他生命中曾经历过的人世悲苦。可是，他的笑却是那般温情，就像是一幅缓缓展开的山水画，充满了质朴的爱意与清幽的深情。

她的脑海里浮现出了四个字：一见如故。

而就在那一刻，她的微博私信有了提示，打开一看，竟是林邵齐发来的。

"看了你的照片，很美，很优雅，很有诗情画意，很阳光。而且，我很喜欢你的文字。于是就加了。反正，看着你，我有了心动的感觉。"

林邵齐的话语竟是如此直白，毫无遮掩地表达着自己的爱慕。苏净净的心里也是欢喜的，仿佛有许多浪花敲击着她的心门，她的内心开始无端地紧张、激动起来。

她竟迫不及待想知道他是否是独自一人，她知道自己也同时动了心。

苏净净小心地问，"你的妻子也是写作的吗？"

"你的男朋友也是写作的吗？"林邵齐反问她。

净净说自己是单身，邵齐也回答，是独身。又说道，谁要是娶到你，一定很幸福。

在接下来的聊天中，净净了解到邵齐的基本情况，三十五岁，一米七十五的身高，退伍军人，现在成都政府机关当公务员，业余写作出书，酷爱摄影与运动。

净净不怕十一岁的年龄差距，她在乎的是这个已过而立之年的男子能与她志同道合，读书绘画，旅行摄影，寻求那种真善美的生活。

她最向往的是钱钟书与杨绛的爱情，一辈子琴瑟和鸣，她最感动的是钱钟书说给杨绛的话：我见到她之前，从未想到要结婚；我娶了她几十年，从未后悔娶她；也未想过娶别的女人。净净确认，邵齐就是她生命里的钱钟书。

邵齐说，"苏净净，我真想娶你，我相信你会成为我生命里的杨绛。"

她看着这句话，一下子眼睛就湿润了。还有什么需要祈求的呢？惺惺相惜，这便是最好最美的相遇了。

3_

七月最后一天的晚上，星星布满了天空，净净一边仰望着满天繁星，一边对电话那头的闺蜜孙艳秋说着心中的甜蜜。

"艳秋，你不知道这场相遇有多好。他见了我照片里模样的第一刻就想娶我，我见到他照片的第一刻也想嫁给他。这也许就是传说中的一见钟情吧。

"我从没想过嫁给谁，这是第一次有了这样的心动。"

净净在说这一段话的时候，看着天上最亮的那颗星星，她觉得那颗星星就是林邵齐。

艳秋在电话那头哇哇大叫，比净净还激动的样子。

"好啊你，苏净净，羡慕死我了。"

几分钟过后，艳秋突然想到了什么似的问她，"他怎么可能三十五岁了还没结婚呢？不要被骗了呀。你不知道现在这种中年文艺男，专骗你这种幼稚单纯得冒泡的文艺少女。他会和你谈文学，做知己状，表示你是他平生的知音，而他对你绝不是肉体的图谋，而是深深的爱慕。

"嘴太甜的，精于谄媚的，很多不过是华丽丽的文艺版骗炮。"

苏净净哪里能听得进去这些话，一遍遍地告诉艳秋，他是因为要奋斗事业所以才迟迟不结婚的。他还写书呢，他的书很畅销，是一个有才华有品位的人。

挂断电话后，她的脑海里浮现的都是邵齐俊逸的脸。她惊讶于自己，竟如此快地陷在了爱里面，猝不及防。

她并不是一个平凡的女孩，她的优秀是认识她的人有目共睹的。她的母亲是长沙市里的大学音乐老师，所以从小就培养她成为一个多才多艺的女孩，十几岁的年龄，她已过了钢琴十级。

后学习绘画，以专业全国第一的成绩考入了中国美术学院水彩专业。能说一口流利的英语，在美术学院那种人人放弃考英语四级的情况下，她在大二就直接考过了英语六级，并且很顺利地通过了雅思考试。

净净很瘦很高挑，皮肤白皙，手指修长。

她的眼睛大且明亮，黑色的瞳仁里仿佛流动着静谧的泉水。

每当她坐在学校巨大的梧桐树下安静画画的时候，总会有暗恋她的男孩在远处痴痴地望着。

她从不缺少追求的男孩，却很少去搭理他们。只有她的闺蜜孙艳秋知道净净心里的秘密——她从小就有根深蒂固的恋父情结。她只喜欢比自己大许多的男子。

一直记得张爱玲的一句话：女人要崇拜才快乐，男人要被崇拜才快乐。她心里一直在等待着这样一个男子的出现，有着历经万千的沧桑，内心睿智，富于才情，如大海一般的爱令她窒息。

无疑，林邵齐符合她所有的择偶标准。

所以，她会在认识他的第一天，就想到要成为他的妻子，与之相伴一生。

4_

第二天晚上，净净接到了林邵齐的电话。

他喝了酒，在电话那头一遍遍地说，净净，我想你。想你。

他的声音是带着磁性的，有些沙哑低沉，因为喝了酒的缘故，又添了一份温存与孩子气，在这被黑暗包裹着的夜里，格外迷人。

邵齐问净净，"你想我吗？"

她怔住了，而后说，"邵齐，你喝醉了。"

"没有！我没有醉！我只知道现在我的脑袋里装着的都是你，我中了你的毒，净净。你告诉我，你想我吗？"

说到最后那几个字的时候，邵齐的声音像湖水一样柔情。

净净轻轻地回答，"想。"

"我听不到，你大声一点。"邵齐的声音里带着命令，净净甘愿被这强大的磁场所折服。

"我想你。"

这一次，她回答得那样大声，充满了勇气。

这三个字一直回荡在她内心的幽谷里，带着邵齐的气息。

他们几乎是没有说出恋爱这两个字，就慢慢地成了恋人。净净觉得其实形式上的承诺并不重要，重要的是彼此的真心相待。

在后面的日子里，他们常常在手机短信、QQ、微信上聊天，互诉衷肠。

净净说她研究生毕业后不想工作，就想在家里画画，她不愿把时间消耗在生计上，她愿用自己的一生来完成自己的使命——画出更多有价值的画，开自己的画展，再出版画集。并且她同样可以用这些画来挣得生活所需。

邵齐很赞同她的梦想，这让她的内心感到无比的幸福与知足。没有哪一份爱情比懂得更珍贵了。

她在微信上说，"邵齐，等我一年，等我从英国回来后就嫁给你。我愿意为你学着做饭，带我们的孩子。余下的时间用来读书、绘画创作。等你下班回来后，我弹琴给你听。等孩子稍大一点后，我教他画画、识字、弹钢琴。周末你不上班的时候我们一家就去野外郊游，享受在一起的幸福时光。"

净净在说这番话的时候，似乎都能想象那些美好的画面。那是她一直都想要的生活呢，单纯、美好、干净，充满了美意。

邵齐的声音是幸福的，"我愿意等你。"

唯一让净净心里不满的是邵齐几乎每天晚上都有饭局应酬，大部分的时候都要喝酒，每至深夜才归家。她每天晚上守着手机，等着邵齐的电话入睡。有些晚上等他归了家，打电话过去也不接，只听见铃声《梦中的婚礼》在一遍遍地响。

她想，也许是他喝了酒，回来就睡着了吧。有时候想想，她也会掉眼泪，觉得邵齐并没有想象的那样珍爱自己。

净净对邵齐说出了心中的想法，邵齐的语气似乎是无可奈何的。他说，"我得把各方面关系处理好，大家才能信任我，帮助我，努力工作才能赚更多的钱，才能让你过上更好的生活。"

她在心里满满接受了邵齐的解释，想来也是，一个成功的男人难免在外应酬，她相信内外兼修的他，一定不会像许多男人那样在外面的应酬中拈花惹草。

婚姻不会是完满的，不会事事如意。只要两人真心相待，一定会过得很幸福。净净在心里给了自己一个肯定的答复。

邵齐说，"这几天我每天都在想和你在一起的样子，渴望一睁开眼睛，就能看到你静静地看着我，然后轻轻地吻我，说小笨蛋快起床了，快上班了。"

遇到情投意合的人，心里竟会是这样甜蜜温存的感觉。净净在那一刻涌起一种莫名的冲动，她真想去成都见见他，见见那个让自己相见恨晚的人。

她总觉得只有出现在现实里了，她才会感到安心。否则，再美，都宛若美梦。

她在QQ上留言给邵齐，"我想在去英国之前，来成都见你。"

邵齐的回复让她更为心动，"你来吧，见到我之后你会更爱我的。"

5

九月六日，对于苏净净来说，是美丽动人的。大清早她便起来了，穿上了最爱的白色连衣裙，轻盈的丝带系在盈盈一握的纤腰上，更显出她的灵动，柔顺的长发披在双肩。她告别了父母，拉着行李箱坐上的士直奔黄花国际机场。她告诉父母，因为想要去成都看一个旧日朋友，所以去英国之前先去一趟成都，再从成都飞往英国。

父母从未怀疑过她的话，因为从小到大，净净都是那样一个乖巧可人的女孩。他们绝不会想到，净净是为了自己的爱情而奔赴一座城市的。

飞机起飞了，净净望着窗外蔚蓝的天空，心里是无法平复的激动，她突然觉得紧张起来。就要见到自己心爱的男子了，她知道心里对他的爱有多深。

一个小时后，飞机抵达了双流国际机场。在接站口，她远远地认出了邵齐。她的邵齐穿着灰白相间的衬衣，笔挺的黑色休闲西装裤，俊逸洒然的样子，甚至比她心里的模样更让她着迷。邵齐也认出了苏净净，快步跑了过来，左手从背后伸出来，一大束红色的玫瑰映在净净的眼帘，映衬着她脸颊微微泛起的红晕。她扑向了邵齐的怀里，闻到了他衣领上洗衣粉的清香，幸福得快要落泪。

邵齐将她搂得更紧了，嘴唇附在她的左耳，轻轻地说，"小公主，你比我想象中的更美，更迷人。"

邵齐开着车，带着净净来到了他们共同的家。在这里，她看不到任何奢华糜烂的东西，所有的一切都是恬静而淡雅的。木质的家具在橘黄色的余晖中散发着朱砂梅的清香，它们带着古朴而陈旧的气息一点一点地弥漫在她的身上，就像一首悠远而绵长的歌谣，使她禁不住深陷在这一丝一缕的情愫中。

邵齐牵着净净的手走到一房间前，神秘地一笑，"净净，这是我送给你的礼物。"

说这句话的时候，他打开了房门。

天啦。苏净净右手捂着嘴，情不自禁地发出了一声惊叹。

房间里并排放着五个高大的书橱，书橱里摆满了书，还有一架黑色的钢琴。靠窗的位置有一个木质的摇椅，摇椅前面是木质的画架，旁边放着调色盘、画笔、颜料盒。橘色的光透过窗帘缝隙投射在房子里，充斥着一股温暖的情愫。

邵齐说，"这一切都是因着你的喜好而布置的，我会等你从英国回来。这里会是你永远的小窝。看着你在这里画画、弹琴、看书，我也会感到很幸福。"在这一刻，邵齐的话语像一道阳光，让净净感到温暖，她像一只幸福的小鸟，扇动翅膀扑入了邵齐的怀里。

邵齐缓缓地捧起她的脸，净净的心像小鹿乱撞一般，白色的裙裾似乎也在轻荡着涟漪。这是她第一次如此近距离持久地静观他的脸。

净净轻轻地闭上了眼睛，邵齐亲吻她的脸颊，她的鼻翼，亲吻她有些湿润的眼睛，深深地亲吻她薄且红润的嘴唇。她喜欢邵齐这样搂着自己，紧紧地搂着，百般怜惜地吻她，直到全身的每一块骨头都酥软。那一刻，她发现自己这一生都离不开这个男人了。

他们在阳光的映射下，持久地亲吻，巨大的幸福感笼罩着净净那颗战栗的心。

下午，邵齐给她做了满满一桌子的菜，还有她最爱吃的豆腐烧肉。邵齐一边把肉喂到净净的嘴里，一边温柔地说，"我愿意一辈子给你做好吃的，我的小馋猫。"

净净听了，嘻嘻地笑。心里美美的。想着嫁给这样一个才华横溢且疼爱自己的男人，一定是上辈子修来的福报。

净净睡在卧室的大床上，邵齐搬来凉席睡在客厅的地板上。邵齐乐呵呵的样子仿佛是回到了小时候。于邵齐，她是信任的。

这初秋的午夜依然是寂静的，只听得见外面街道上汽车的喇叭声。他们在这寂静里小声地说话，净净告诉邵齐，"我喜欢你那颗心。你的心是如此饱含深意，让人可以看到向善向美的生活。你的真切，你的性情，你的才华，你的童心未泯，你的心之若素，让我无法不为之折服，为之倾心。"

深夜，他们安静地入睡。

睡梦中，净净被轻微的声响给惊醒了。邵齐轻轻地走到了净净身边，没有开灯，借着微微的月光静静地看着她睡着了的样子。她没有睁开眼睛，但是她能感觉到邵齐的眼神是那般深情地望着自己。

邵齐轻轻地伏在净净的身旁，用手抚过她额前的头发。那一刻，他的吻轻轻地落在她的额上。她的心，像盛开的烟花一般，绽放出了幸福的光彩。这小小的亲吻盛满了爱的甘露，让她沉醉已久的心突然有了生机，有了渴盼。

不过短短一分钟不到的时间，邵齐便从她身边静静地走开了。这温暖细腻的爱让净净的心再也无法沉睡。

6_

在成都的那几天，林邵齐带着净净逛遍了蓉城景点，在锦里、武侯祠、杜甫草堂、黄龙溪、春熙路都留下了他们美好的记忆。净净还吃到了许多蓉城的特色小吃：伤心凉粉、龙抄手、夫妻肺片、棒棒鸡……邵齐总爱叫净净"小馋猫"，她觉得从邵齐嘴里说出这三个字，让她特别欢喜。

是的，我就是小馋猫，是你的小馋猫。

她会在邵齐面前撒娇，像个天真的孩子一般。

净净每每想到很快就要与心爱的人分别，就觉得难过。

离别前的那个午后，他们哪里也没有去，净净依偎在邵齐的怀里，就像一只受了伤的小猫咪。

邵齐抚弄着她的长发，缓缓地问，"净净，今天的日期是多少？"

"九月九日。"

净净在回答完以后，眼睛亮了一下。搂着邵齐的脖子说，"长长久久，对么？我要我们的爱情也是长长久久的，一辈子。"

邵齐用他那强有力的大手将她抱起来，然后放在卧室的大床上。他再一次亲吻她的眼睛、鼻翼、脸颊、嘴唇。她听到了内心里如海潮般的震颤。邵齐解开了她衣服上的纽扣，亲吻她小却胀满了花汁的乳房。

净净没有反抗，她像是在等待着一朵花开。

她把自己的第一次给了这个她深爱着的男人，血红色的梅花盛开在雪白的床单上，她感到疼，但是她的心里是欢喜的，眼角溢出了欢喜的眼泪。

阳光透过纱窗，照在她裸露的背上。阵阵喘息声在暖色调的房间里起伏、缠绵。净净亲吻着邵齐的每一寸肌肤，那样的亲吻似乎与欲望无关了，更多的是爱。是的，只有深爱一个人，给予对方的亲吻才是有热度的。每一个吻仿佛都是在告诉对方，我爱你。

净净让邵齐握住自己的手。

"握紧它，把它当做我。你爱我多深，就将它握得多紧。邵齐，握紧它。"

林邵齐用力地握紧她的手，紧紧地，几乎使出全身力气。他在她的耳边轻轻地说，"净净，我爱你。我爱你。"

"我也是，邵齐。你一定，要等我回来。我要嫁给你，当你一辈子的爱人。"

邵齐无比疼惜地吻干了她眼角的泪滴。

他们本是两个世界的人，却依然奋不顾身地走到了一起。这爱里有太多的甜蜜，也有太多难以启齿的疼痛。但是，谁也阻止不了两个人用灵魂所融通的一场爱恋。

抵达曼彻斯特大学后，苏净净每天都能看到不一样的风景，遇到不一样的人，英国的建筑让她惊叹。她在QQ里给邵齐留言，"我时常独自去学校的约翰·莱兰兹图书馆，这所图书馆藏书规模位居全英大学第三，仅次于牛津大学与剑桥大学。邵齐，你来了，一定也会喜欢上这里的。"

有时候，Ashelly会约她一起去劳瑞艺术中心看画展，去角屋看一场异国的艺术电影，或者去一个仓库式酒吧听现场乐队深情演唱。Ashelly是她在曼彻斯特大学的室友，是一个金发碧眼的女子，身上有着贵族的气息。Ashelly有一个当调酒师的男朋友，他时常带给她惊喜，送花送巧克力送奶茶送电影票送红酒送发卡，这让身为她室友的净净羡慕不已。她总会在这样的时刻，深深地，想念那个远方的爱人。

也是有英俊的英国男子追求她的，她总是冷若冰霜，将人拒之千里。她的心里唯有邵齐，唯有他。

来到英国的一个多月之后，她发现例假没有按时来，心里隐隐地害怕，但是又总安慰着自己，没有关系的，也许是换了一个地方生活才引起紊乱的。

直到后来有几次呕吐出现后，她突然感到了从未有过的恐惧。净净一个人去医院做了检查，当医生告诉她已有差不多一个月的身孕时，她感到全身一阵晕眩。她蹲在医院的角落里，拨通了邵齐的电话。

邵齐突然接到净净的电话，既惊讶又兴奋。"净净，怎么给我打越洋电话？太想我了吗？"

净净没有出声，一分钟后，依然没有。邵齐慌了，"净净，你怎么了？"

净净一下子就哭了出来，像一个犯了错的孩子。

她一边哭一边说，"邵齐，我怀了你的孩子。"

听了她的话，邵齐也愣了半天。

他缓缓地说道，"净净，把孩子打掉吧，你现在还在读书，未婚生子是会被学校开除的。

"等我们结婚后，还可以再生的。把孩子打掉吧。"

那一刻，邵齐的话就像一把利剑，刺穿了她的心。她无处可逃，眼泪一滴滴地往下落，流成了河。

是Ashelly陪她到医院做的人流，当吸取器伸进身体时，巨大的疼痛感与羞耻之心吞噬着她，仿佛是一个魔鬼钻进了她的体内，要将那个可爱的生命永永远远地带走了。那一刻，她也恨邵齐，可是她又怎能恨他，唯有恨自己，恨自己无法将自己的孩子带到这个美好的世界。

手术结束后，她扑到Ashelly的怀里哭成了泪人。

那以后，净净比之前更像一个冷美人了，她不说话，脸色苍白，嘴唇有小小的裂纹，单薄的身体站在风里，就像一根柳条，柔柔弱弱的模样。

邵齐比以前更勤快地发QQ、发邮件、发MSN、发短信，她想回，却总觉得有心无力。有些话，她唯有说给自己听，有些疼痛，只有独自在黑夜里承受。她似乎在一夜之间发现她已经不再是一个快乐无忧的女孩儿了，她有了内心的隐忍与决绝。

在她最痛苦的那段日子，她选择了画画。没有课的时候，她常常静静地坐在校园的大树下，画校园里气势恢宏的建筑，画图书馆大门前来来往往的英国学生，画蓝色的寂静湖水，画静立在风中的一束花枝。她觉得只有在画画的时候，才可以放下心中的疼，安静且美好地来面对这个世界。

她依然会在某个夜不能寐的时候发短信给邵齐。

"邵齐，我好孤独。"

8

一年之后，苏净净终于从英国学成归来。失去孩子的痛早已被她深藏在了内心的深处，现在，她依旧深爱着邵齐。她渴望能尽快见到他。

飞机刚刚抵达长沙的时候，她收到了邵齐的短信，"净净，这一年，我们都等得好辛苦。我想马上就娶你，希望你能与父母说起这件事情。我等待着你的答复。"

出了站口，她看到了自己的父母，飞奔过去，将他们拥入怀中，太多的思念与辛酸都在这一个拥抱里了。

抬起脸的那一刻，她看见了站在父母身后的孙艳秋，欢喜得大嚷道，"艳秋，你也来了，怎么不提前告诉我呢？"

"想给你一个惊喜嘛。"艳秋走上前来将净净紧紧地拥抱了一下。

妈妈嗔怪道，"怎么去一年英国之后，你变得更加瘦了？"

净净擦干眼角的泪水，边撒着娇边对妈妈说，"因为很久没吃到妈做的红烧肉了呀。"

晚上，爸爸妈妈做了一桌子的好菜，庆祝女儿回国。很多次，她都想说起邵齐，但是不知道为什么，话到嘴边又收回了。

晚饭后天已渐黑，聊了会儿家常后艳秋也回家了。净净躺在被窝里想念邵齐，她在想，当他的新娘子一定很美很幸福。她正在幻想着的时候，电话铃声响了，她以为是邵齐打来的，一看手机是陌生号码，来电显示是成都。

她以为是邵齐用另一个手机打来的，按了接听键便迫不及待地说，"邵齐，我就知道你会给我打电话。"

电话那头传来一个女人低沉的声音，低沉里却有掩饰不住的激动，"你好，我是林邵齐的妻子。"

净净听了以后，痴了一般地愣住了，如同五雷轰顶。

一分钟后，她开了口，声音是颤抖的，"不是的，你怎么可能是邵齐的妻子呢？他说过他没有结过婚的！"

"我们已经结婚十三年，有一个读中学的女儿。在女儿读幼儿园的时候，他就开始在外面找女人，从来不曾间断过。我们也吵过、闹过、打过，但是他依旧改不了，我已经心力交瘁了。我知道他早已经不爱我，但是我不能跟他离婚。为了我的女儿，为了她能有一个完整的家庭，我不能离婚啊！"

这个女人说到后面的时候越来越激动，甚至净净听得出来她在抹眼泪。那一刻，她早已快窒息了。

"你骗人！"净净几乎是狂吼了出来。

那个女人还说了许多，净净仿佛觉得，她的话比硫酸泼在身上还要让她痛苦。

电话那头的女人说，"我们分居几年，但是每个周六的中午，林邵齐都会来看他的女儿。"

"你把你们家的地址发短信给我吧，我只有亲眼看到，才能死心。"净净说完这句话的时候，牙齿咬破了下嘴唇。

"求求你，离开他吧。"女人说这句话的时候，几乎是哀求。

电话那头发出"嘟嘟嘟"挂断的声音，苏净净像被抽去了筋骨一般，瘫坐在床沿上。手机从她手里滑落，重重地摔在了地板上。在这寂静的夜里，声音格外的响。

她把脸埋在枕头里，哭不出声来，只有伤心欲绝的眼泪一直地流着，流着。

一个小时后，她睁着红肿的眼睛拨通了孙艳秋的电话，她想向她倾诉心中的煎熬，她想听艳秋告诉她，应不应该相信这个陌生女人的话，可是手机关机。

在她最慌乱、最彷徨、最痛苦的时候，只有自己。

她那样爱邵齐，把自己青春里最珍贵的爱都给了他，她无论如何也不相信邵齐会骗她。她甚至猜想，会不会是哪个女人妒忌自己与他在一起，专门演的这场戏让她退出。

净净一夜没睡，邵齐在凌晨的时候发过来一条道相思的短信，他似乎还不知道这里发生的一切。她没有回复任何话语。她的手机屏幕一直亮着那个陌生女人发给她的短信，是一个家庭住址，也是她需要的答案。

凌晨三点，她终于决定，天亮去成都。

9

再一次抵达成都的时候，她的心情就像那天的天气一样灰败。她想象了无数个画面，那些让她或许释怀或许悲痛的画面搅得她心神不宁。她从未像现在这样无助。

当她站在那扇门外，按响门铃的时候，她感到自己已经快无法呼吸。

门打开了，出现在面前的是一个青涩的少女。

"你好，请问你找谁？"女孩问。

"林邵齐在家吗？"她的声音是颤抖的，说得很轻很轻，轻得自己都听不到了。

"爸爸。有人找你。"女孩回过头向屋内说道。

净净感觉到了林邵齐见到她那一刻，全身的微颤以及满眼的错愕与恐慌。

"净净，你怎么来了？"林邵齐问这句话的时候有从未有过的胆怯。

"林邵齐，你真他妈的是个混蛋！"

净净丢下这句话就跑下楼，一边跑一边掉眼泪。她感到双脚早已软得没有了丝毫的力气，可她惊讶于自己为何还跑得那样快，那样快，恨不得把所有的悲伤、羞耻、罪孽都远远地抛在脑后，仿佛背后有一千一万双来自地狱的手在伸向她。

林邵齐追上了净净，一把抓住了她的肩膀，一边喘着气一边说，"苏净净，你听我解释。"

"请你放过我吧，林邵齐！她都叫你爸爸了，你还有什么不承认的！你为什么要骗我，为什么！为什么！"

净净腿一软，蹲在了地上。把脸埋在了冰冷的膝盖上。

邵齐的话语像乌云一样飘浮在她的头顶，"净净，你听我说，我真的很爱你，从没有骗过你。从我见到你照片的第一刻，就想要娶你了。我当时不敢告诉你我有家室，是因为怕你拒绝我。这几年，我一直在与妻子闹离婚，我早已经不爱她，可是她死也不愿离婚。我想只要我们足够相爱，一定能让她选择退出的。我们依旧可以相伴一生的，对吗？"

"你难道没有想过这样会伤害我吗？你难道没有为我考虑吗？你不应该骗我的！我永远都不会原谅你。"说完净净便站起来跑到路边拦出租车。

这时候，从后面跑来一个三十几岁的中年女子。拉扯着邵齐，他们开始大声地争吵起来。

净净搭上出租车，忍不住地哭出了声。

她什么也不愿意想，什么也想不起来。她恨不得瞬间失忆，那样应该会少很多的痛苦吧。

10

苏净净把自己关在房子里好几天，父母以为她生病了，叫她去医院，她也不愿意，只是一直睡觉。

在梦里，她梦见了林邵齐。梦见她与林邵齐举办婚礼，许多亲朋好友都来祝贺，她穿着白色的婚纱，像一个幸福的天使一般。正当邵齐准备执起净净的手时，突然有另外一个穿着婚纱的女人跑进了教堂，嘴里还大声地喊着，林邵齐是我的男人！女人越来越近了，像一个人。模样近乎于她身边最亲密的一个人。

那个女人从她的手边抢走了邵齐，然后他们一起消失在了婚礼中。

净净一遍又一遍地做着这些光怪陆离的梦，一次次被惊醒，一次次又在上一次的泪痕中睡去。

一个星期之后，她的精神稍微有了好转，起床打开了电脑。显示有一封来自林邵齐的邮件。她不愿去看，可是她还是打开了。

净净：

我知道这一刻的你很气愤，很难过。我真的是真心爱你的，从未有一个人像你这样打动我。我真的很想娶你，想与你一生相伴。

我早已不爱我的妻子，我们之间唯一的纽带就是我们的女儿。她是因为孩子才不想与我离婚的，但是我向你保证，如果你还愿意回到我身边，我一定会想办法与她离婚。我已经离不开你。

净净，都是孙艳秋那个狐狸精把你介绍给我认识的，说你很美，是她勾引的，让我无法自拔地爱上了你。她以前经常在QQ上发一些肉麻的情话给我，表达她对我的喜欢，可是我一点都不喜欢她。她是怀恨在心才将你介绍给我的。让我认识你，与你相爱，最后却要失去你。她是在报复我。

净净，你猜是谁把我们的事情告诉了我的妻子？是孙艳秋！我知道你们关系好，肯定不会相信我的话。她打电话给我的妻子，我的妻子录了音。她已经把录音传给我了。录音在邮件的附件中。

净净，在我的心里，谁都不爱，只爱你。

如果你不原谅我，我也能体谅你。唯愿你能幸福。

邵齐留

苏净净用颤抖着的手打开了音频，孙艳秋的声音即使化成风，她都能听出来。那一刻，她几乎要昏厥过去。

"你们都他妈的是混蛋！"

按下邮件回复的发送键，她重重地倒在了床上，她已经哭不出来，只觉得全身早已冷得像块冰一样。

那种寒冷，刺骨又刺心。

11

第二天，她搭乘飞机去了云南昆明，没有带任何通讯工具，几乎要与这个世界断绝来往，她只带上了自己最心爱的画具。

抵达昆明后，她转乘大巴来到了丽江。她在这里租了一间房子，日复一日地画画，她记得母亲的电话，因此会偶尔去电话超市给母亲报一声平安，叮嘱她不要告诉任何人她的去向。

一年前，是画画抚平了她心中的悲苦，此时此刻，依旧是画画为她千疮百孔的内心疗伤。那些带着疼痛的记忆就像夹竹桃花一样，带着毒汁漫浸在她有生之年的血液里，让她成了一朵比夹竹桃花更孤独的花朵。

她时常在黑夜里被噩梦惊醒，醒来的时候痴了一般，抱着膝盖坐在床沿上，一坐就是一天。有时候看见窗外下起了雨，会一个人一边用手划着被雨水打湿的窗子，一边喃喃自语。仿佛是在说着记忆里的话，小笨蛋。小笨蛋。

半年后的一天，房东在她的房间里发现了她冰冷的尸体，她安静地躺在木床上，穿着雪白的裙子，像一个不会说话的小天使一般。

床沿上还撒落着安眠药小小的药片，如同一个个咒语，空寂而寥落地伴着她。

在她的葬礼一周后，这座城市的某一画廊展出了苏净净在有生之年所创作的优秀画作，有一半是她在英国时所画，有一半画于丽江。人们能很清晰地辨别出，后者的画更趋于抽象与立体了，如同一首首荒诞却使人深陷的歌谣。

有一幅画最为怪异，白色的花朵占据了画面的一半，画面的下半部分是一个赤裸的女人，花朵的花蕊延伸成一根吸管，伸向女人的子宫，女人的下体有黑色的液体流下来，她的眼角也有黑色的眼泪。画角写着这幅画的名字《生命里的夹竹桃》。

一个沧桑落寞的男人站在这幅画前，久久没有离去。他的眼角，落下了细密的泪水。

男 人 的 业 力

1

十八岁那年的夏天，由于一场突如其来的大病，叶明轩高考失利。他父母都是东北国营企业的下岗工人，贫困的家境无力让他选择复读。他跟随亲戚从老家来到北京打工，成了一个最底层的北漂。那时的他，除了年轻和无畏，一无所有。

刚来北京的时候，他住在昏暗闷潮的地下室。每天省吃俭用，就着几片菜叶子下饭。他送过货，发过小广告，还在建筑工地上搬过砖，背过水泥……那时的他，因为营养不良而显得瘦弱，有时受到别人欺负也默默忍受。但他勤奋能吃苦，他告诉自己只有吃得苦中苦，方为人上人。

后来他在一家公司做了销售，每天早出晚归地跑业务，对每一笔业务单，他都耐心细致地与客户接洽，用诚意打动对方。为了处好关系，他把钱都省下来给领导、客户买礼物，自己却舍不得花一分钱。有时候宁愿走几站的路，也不愿去坐公交车，他把每一分钱都掰成两半花。

在北京的第二年，他在一次朋友聚会中认识了方琳。她在北京的一家小诊所当护士，那次见面只觉得她羞涩乖巧，一个人坐在角落并不说话。与她聊天，才知道她是江苏无锡人，比他小一岁，来北京才几个月。有一次他发烧，想着方琳上班的诊所离他近，他便走到了那个诊所。叶明轩挂了点滴，方琳给他买了水和食物，一空闲下来，她就到他的身边陪他说话聊天，说着说着她觉得累了，便靠着身边的木桌打盹。叶明轩这两年来第一次感觉到被人照顾的温暖，他看着方琳闭眼时长长的睫毛，心忽然悸动了一下。

那以后，他们熟络了起来。他不忙的时候总会到小诊所找她，与她一起吃饭。休息日约她一起逛公园，她就像一个天使一样，让他在这钢筋水泥筑成的冰冷的大都市中找到了一份温存与希望。一天晚上，他带她去电影院看一部喜剧电影。看到电影的搞笑情节，方琳忍不住跟着观众们一起开心地笑着，她扭过脸去看明轩，他整个人似乎是呆坐在那儿。她不知道，叶明轩这时候根本没有心思专注地看电影，他满脑子想的都是如何向她表白。

　　电影结束后，他们搭上了回去的公交车，静静地坐在最后一排。两人没有说话，方琳转过头呆呆地望着车窗外闪过的霓虹灯，叶明轩则看着方琳被风荡起的黑发，心里默念着"我喜欢你"这四个字。可是他不知为何，怎样也开不了口。他能够感觉到，方琳也是喜欢他的。前几天方琳送了一把木梳给他，他不会不明白木梳代表着白头偕老的含意。公交车就快到站了，叶明轩想着今天一定要鼓起勇气告白，他将脸挨近她，亲了一下她甘露般的嘴唇。他们对视着，方琳的眼里起先写满了诧异，慢慢地就变成了一种喜悦。公交车到站了，他们走下车，叶明轩将左手伸出来去牵她的时候，她几乎是在同一秒伸出了右手。两人的双手紧紧地握在了一起，他们相视一笑。这是一个火树银花的夜晚。

2_

　　他们就像所有的恋人一样，恨不得二十四小时都腻在一起。几个月后，为了让彼此有更多的照顾，他们决定住在一起。北京的房价太贵，他们在五环租了个一室一厅的房子。由于屋子太小，把日常的生活用品摆进屋，就更显逼仄狭窄。

叶明轩抱着方琳说，"这只是我们暂时住的地方，相信我，几年后我一定会让你在北京住上属于我们自己的大房子。"

方琳深情地望着他，"你住哪里，哪里就是我的家。"

叶明轩心里很是感动，他发誓要爱方琳一辈子。因为他知道，在当今这个崇尚宁愿在宝马里哭的拜金社会里，一个女人在你最艰难的时候，还愿意坐在自行车后座上搂着你的腰一起说笑，是多么难能可贵呀。

叶明轩每次从工作的地方回到家都需要一个多小时的车程，尽管到家后他已经很疲惫，但是他依然会去菜摊上买方琳最爱吃的那些菜做给她吃。做好一顿饭菜看似简单，但其中每一道工序与细节都要付出心力，因为他是用心去做。她口味偏甜，所以他做番茄炒蛋的时候会放白糖；她喜欢吃豆芽，所以他会变着花样炒这道菜；她喜欢饭前喝汤，所以他每次都会煲一锅汤。方琳每天都盼着下班回家吃到明轩亲手为她做的可口饭菜。

方琳抢着洗碗，他不让；方琳要拖地，他不给；方琳要洗衣服，他不许。方琳娇嗔地说，"那我做什么呢？"

叶明轩温柔地亲了下她的粉脸，笑着说，"这些粗活哪能让我的公主来做呢，你坐到沙发上去看电视，一切由小生我搞定。"

方琳幸福地笑了，笑得像冰糖一样甜。叶明轩看着笑靥如花的方琳，竟痴了。

叶明轩爱她真是爱到了骨子里，方琳就是他身上的一根肋骨呀。

方琳喜欢枕着叶明轩的胳膊睡，侧着身子，把腿蜷曲着，像一个躺在母亲子宫里的孩子。叶明轩从背后搂着她，强健有力的胳膊像大树的枝丫一般，保护着方琳，给她以温馨的港湾。方琳每一天都在甜蜜中睡着，在微笑中醒来。她觉得遇见叶明轩是她一辈子最幸福的事情。

3_

　　一个半月后，方琳的例假迟迟没有来，她颤抖着声音问叶明轩，"是不是怀孕了？"

　　叶明轩当时就出了一身冷汗，他当然想拥有他们爱情的结晶，可是孩子到来得不是时候，他还没有办法去接受。在这座城市连他们最基本的生活都是拮据的，更不用说结婚生孩子了。

　　叶明轩去药店买了试孕纸，回来一测，方琳真的怀孕了。方琳想要把孩子生下来，她想要留住他们爱情的结晶。

　　叶明轩把方琳搂在怀里，咬着牙说，"咱们去做人流好吗？过两年我们结婚再要孩子，我们还年轻，以后还可以生的。"他知道女人是感性动物，所以这一刻，他必须是理性的坚决的。

　　方琳一把推开了他，泪流满面地对他吼道，"叶明轩，你是孩子的父亲吗？你真他妈的是个畜生！"

　　不管方琳是如何的不舍，然而现实是残酷的。一周以后，方琳躺在了做人流的手术台上，冰冷的器具插入她的下体，她再痛也没有掉一滴眼泪，因为所有的眼泪都流在了心里。叶明轩在手术室外等待着，他用左手的手指甲掐着右手的手背，狠狠地掐进去，血从指间流出来，他在心里一遍遍颤抖地呐喊着：对不起，对不起……

　　流产这件事，对方琳的精神和身体造成了双重打击，在她的心里留下了沉重的阴影。从那以后，他们即使睡在一张床上，方琳也是背对着他，她不再枕着他的手臂，她似乎惧怕他的身体，一切幸福的根源都是痛苦的源泉。他也试图去拥抱她，可是她只轻轻地说一声，快睡吧。

两个月之后，叶明轩终于忍无可忍了，他对方琳说，"只是做了人流而已，你有必要这样对我吗？"

方琳怔住了，过了一分钟后她才说，"叶明轩，你知道那一个小生命从我身体里割离的痛苦吗？那是一位母亲对孩子深深的愧疚、不舍、自责。"说完这句话的时候，她的身体开始不住地颤抖，像秋天里一片飘零的枯叶。

方琳最终离开了叶明轩，因为她只要看见他的身体，就会感到惧怕，她已无法再亲近他，她也无法忘记那个还没有来到世界就被狠心抛下的孩子。方琳离开了北京，回到了老家父母的身边，她删除了他们之间的所有联系，仿佛人间蒸发了一般。

叶明轩的心像是被掏空似的，他为了麻痹对方琳的思念，常常在酒吧买醉到深夜。他想不明白那么美好的爱情为什么就这样结束了？为什么方琳会因为一个未出生的孩子就与他翻脸。他喝得大醉，把酒瓶往地上一砸，"去他妈的爱情！"

4

叶明轩从那以后把所有的时间都放在了事业上，他知道，只有自己有钱了，才有资格拥有一切。

以年轻为本钱的昏天暗地的工作在八年后得到了回报。八年后，二十八岁的叶明轩在北京拥有了自己的公司，几套房产，开着一百多万的法拉利。关键是，这时候的他还没有女朋友，是真正的钻石王老五。叶明轩过上了活色生香的富人生活，每天都有各种饭局与娱乐活动，他的身边围着一圈巴结他的兄弟，他出手阔绰，只要他在的消费场所都是他主动来买单。这样年轻又有钱的男人像花粉一样吸引来了各种女人，那些愿意在他面前投怀送抱的妩媚女人他都不会拒绝。他想，他再也不是以前那个穷困潦倒的叶明轩了，他有的是钱，有钱就有资本把不同的女人拥在怀里。

他只要昙花一般的陪伴，不渴望长相厮守。

他已经不再相信爱情，他不希望在他还这样年轻的时候就被婚姻与孩子束缚住，他需要的是欲望的满足。

他解开不同女人的衣领，就像去闻不同的花香，是如此自然而然的事情。

一个在歌厅里工作的女郎阿琦真的爱上了他，怀上了他的孩子。阿琦发短信给他说，想要把这个孩子生下来，因为她爱他。一个女人爱上一个男人的时候，是想为他生孩子的。

他当下就给她账户汇了五万元，并给她回了一条短信，"把孩子打掉，不要让我再见到你。"

回完信息之后就删了与阿琦的所有联系方式。

之后遇到同类的事情，他统统都用钱来解决。在他看来，他与这些女人只是在做一场交易罢了，男人因满足身体而获得愉悦，女人因满足物质而获得快乐。他不知道，这交易的本身就是对情感的亵渎，对女人的不尊重。

时光一晃，三年过去了。

在这三年里，叶明轩安于现状，新的竞争公司不断涌现，他的公司一点一点被蚕食，很快就走了下坡路，最后近乎到了快要破产的地步。

生意场就是如此，每天都在沉浮之间。他卖了自己的车，卖了自己的房还了贷款，又回到五环以外租了一套房。他几乎在一夜之间愁白了头。

一个傍晚，他经过一个小寺庙，被里面的诵经声吸引，他迈开步子走了进去。

院子的石凳上坐着一位僧人，他走上前向他问候。僧人看了他一眼，然后慈悲地笑了，让他坐于另一个石凳。

僧人问他，"我看你眉间似有雷雨，近来一定被大苦圈住了。"

叶明轩向僧人简单说了下最近遭遇的困境，愁容满面。

僧人望向他的眼睛，"你在之前造下了孽因，如今是你在尝孽果。"

"孽因从何而来？"

"在这之前，你是否让多个女人堕胎？"

"是。"

"这些还未成形的胎儿都是一个个渴望来到世间的生命，你扼杀了他们，在这个过程中，你已积下了业力。业力即是一个人的行为在道德上所产生的结果会影响其未来命运。自业自得果，众生皆如是。"

"师父，如何削减自己积下的业呢？"

"多做善事，钟爱一人。"

这位庙中僧侣说的话，终于让他清醒了过来，他终于体会到了方琳当时做人流时的痛苦，也明白了当初用钱与女人交易感情是多么愚蠢的事情。他应该尊重每一段善缘，每一个生命。

从庙中走出来，他重重地扇了自己一巴掌，他痛恨当初的自己，同时在心里告诉自己，从头再来。

5

　　叶明轩开始做起了餐饮行业，他四处筹钱在北京开了一家东北菜餐馆。他做了一件让所有人都刮目相看的事情：只要是孤寡老人、残障人士都是免费提供餐饮，早上还专门安排了半个小时给北京街头的保洁工人提供免费的早餐。刚开始有人劝他，这样经营肯定会亏本的，但是他依然坚持着他的"爱心行动"。

　　他以"每日一善举"为信条，经营着自己的事业。他的善行也渐渐在周围传颂开来，媒体也报道了他的事迹，他餐饮店的生意做得越来越好。五年之后，叶明轩已经在北京开了连锁饭店。

　　面对事业上的再次成功，叶明轩没有再像以前那样沉溺于花天酒地。他懂得了感恩，明白了福报是来自于日常的善行。他时常关注那些贫困的山区，给那些留守儿童与孤寡老人送钱送物。他还"一对一"帮助了许多因贫穷而上不起大学的学生完成了学业。

　　后来，叶明轩认识了他现在的妻子雪茹，雪茹是北大毕业的高材生，会说一口流利的英文，比他小八岁。

　　雪茹善良贤惠，之前在北京一家外企工作，嫁给他之后就当起了叶明轩的贤内助，帮着他一起管理餐饮店。他们夫唱妇随，餐饮店打理得很是红火。很快迎来了生命中的小天使。当护士抱着小宝贝出来的时候，叶明轩接过女儿，紧紧地抱在怀里，深情地亲吻她的小脸蛋，轻轻地说，"你怎么到现在才来呢？我会爱你一生的，我的小天使。"

　　他终于明白，一个男人的成功，并不一定是要多么富有。拥有一个相爱的妻子、一个乖巧的女儿才是人生中最珍贵的事情，一个幸福的家庭才是真正的金不换呀。

结婚多年后，女儿也渐渐成为亭亭玉立的大姑娘。他始终深爱着她们，深爱着这个家。

他开车带着妻子与女儿去郊外兜风，女儿在后面大声地唱着歌，"因为我们是一家人，相亲相爱的一家人……"

叶明轩觉得所有的付出都是值得的，因为他是世间最幸福的男人。

一 生 只 爱 一 人

1

大学时候的苏曼青很美，高挑的身材，一头乌黑的长发，一张娇美的脸长得像张曼玉。

她穿着一袭绿裙子走在校园中，总会惹得那些男生们频频回头。苏曼青当然不缺乏追求者，有钱的想给她买钻戒，有权的说要带着她一起出国留学，有能力的准备买下一个鲜花店送给她，这些追求者都被她拒绝了，因为她只爱一个人——许昊然。

她和许昊然读大二的时候就已经在一起了，许昊然的家庭条件并不好，可是他长得帅，还是学校篮球队的队员。每次许昊然在操场上打篮球的时候，苏曼青就会坐在不远处端着一张楚楚小脸充满崇拜地望着他。

昊然稍微有些感冒了，她会买来香梨，在宿舍煮了冰糖梨子拿给他喝；昊然喜欢打篮球，她让朋友从国外带来了最好的篮球送给他；昊然生日之前，她找了他小学、中学、大学的好朋友为他收集祝福。许昊然总是会感动地笑笑，然后轻轻地抱抱她，与她在一起的几年，他只送给她一枚紫色的发卡。

谁都看得出来，苏曼青爱得比许昊然多，她的闺蜜都看不下去了，对曼青说，有一大堆好男人等着你呢，你干吗喜欢许昊然呢？他对你又不好。

她一直都觉得爱上一个人就是定数。就像她爱上冷酷的昊然，也是人生既定了的事情。

2

毕业之前，曼青到一家单位实习，她的青春貌美，让她身边很快就聚集了一群爱慕者。这让许昊然很是受伤。但他从小的成长环境和因此养成的个性，让他心里早早结成厚厚的盔甲，始终都先保护自己，眼里只看到别人的不足，却不会分析自己的原因。这让许昊然觉得苏曼青太招摇了，有太多人爱，而他需要的只是一个跟他一起过踏实生活的女孩子。

许昊然最终选择了放弃，虽然苏曼青再三表明她不是一个随便的女孩，但他觉得她有很多男孩追，就会变得骄傲的，对这份感情也会看得无所谓了，他不放心她。

昊然没有回心转意，毕业之后娶了一个比较简单的女孩结婚，在他看来，至少将来不会给他带来不安和困扰。

许昊然竟然这么绝情地离开了她，娶了别的女人，这让苏曼青想不通，她心中那份天长地久的爱情，就眼睁睁地在她面前碎了一地。而且仅仅因为莫须有的揣测，就让天空一片灰暗，苏曼青痛不欲生。

不久之后，苏曼青嫁给了宏斌。宏斌在大学时与她也是同学，那时候就默默地爱她。他的英文很棒，身高一米八，很是英俊。所有的人都以为苏曼青放下了许昊然，选择了一个爱她的人一起生活。只有她自己心里明白，跟别的男人结婚就是为了气昊然，她还在等待着他回心转意。

3

一年之后，她发现许昊然并不因为她嫁给了别人而有丝毫的遗憾与心痛。

她开始自暴自弃，有时候暴饮暴食，有时候连着好几天都不吃不喝，一会儿瘦一会儿胖，毁灭着自己的形象，想让他痛苦。曼青感到自己的爱落空了，她因为没有达到报复的目的而感到全盘崩溃。她把自己弄得像疯子，慢慢钻牛角尖，慢慢产生幻觉，结果活生生地把自己逼疯。

曼青后来疯到连她现在嫁的这个老公是谁都不知道，在精神病院住了一年，一年里宏斌每天都会去看她，给她带去她最爱吃的红烧肉。渐渐地，她的病情有了一定的好转。相对稳定后，宏斌把她接回了家。回来之后他并没有提出离婚，他依然接受这个女人，依然像宝一样把她捧在掌心。

苏曼青原以为她这样子做会让许昊然回心转意，结果换来的是宏斌对她的不离不弃，这个她不爱的男人成了她生命中的一棵参天大树，终生庇护着她。

苏曼青因为精神疾病的困扰，无法出去上班，宏斌就想着一定要帮她找出路。他卖掉了一套房子，用这笔钱买下一个店铺开了一家饭店，让曼青当老板，经营饭店，当然她只是名义上的老板，宏斌还聘请了别人来帮助她。如果他不让曼青来打理饭店的话，曼青会缠着他。他是公务员，在为工作忙碌的时候，她会一直给他打电话，她的记忆力告诉她，她只有找这一个男人来帮她做任何事情。

他必须要让曼青有点事情做，转移她的注意力，要不她就会做出一些很极端的事情。

　　日子就这样一点一点地从指缝中溜走。苏曼青还是活在她的世界里，宏斌则继续守护着曼青，不离不弃。人们常常看到夕阳西下的傍晚，宏斌带着曼青在公园散步，曼青的眼光看着天边，宏斌则看着曼青，轻柔而温暖。

　　三十年后，苏曼青已年过半百，她有了白发，皱纹爬满了她的脸，牙齿也掉了一半了。她的思维永远都没有办法正常了，她依然在打理饭店，可以结账，但还是会忘东忘西。

　　偶尔看见有小孩子从店门口经过，她就会冲出来说，"嘿，你好。"她的心智只有八岁。她只要看到别人幸福地带着小孩她就会傻傻地跟着人家小孩去玩。

　　宏斌始终默默地在为这个女人付出，他们没有小孩，几十年过去了，他没跟她发生任何身体上的接触。这个女人虽然疯了，但是她的意识依然是坚定的：我不跟你上床，我就是要整天缠着你。宏斌也并没有因为这样子而选择离开。他是一个老实的男人，他可以坚守自己的底线，愿意每天都陪在她身边。

　　饭店的厨子阿峰对宏斌说，"如果换成是我，我早就不要这个女人了。谁能忍受三十年啊？如果这个女人是为我而疯，我无微不至地照顾她，那也说得过去。但是她是为了别人而疯，我为什么要照顾她，还得一辈子？"

　　宏斌淡淡地说，"阿峰，你不懂。"

　　人的情感真是一个说不清道不明的谜团，谁也无权裁判对与错，只要当事人觉得美满幸福，任何外人眼里的不堪，都是无足轻重的。

5

宏斌对苏曼青的爱三十年不变，每天早上开车送她去饭店，中午两点接回家，下午五点又送来，晚上九点又载回去。日复一日，年复一年，从无怨言。他从没有后悔娶了曼青，他的心是满的，是温暖的，他觉得这就足够了。他想的仅仅是，要保护好自己心爱的女人。

直到现在苏曼青还没有被感动，没有爱这个男人，因为她已经疯了，不能感动，而且还不能跟她提到过去，怕刺激到她。

宏斌过了三十年卑微的日子，他夹在父母、朋友、兄弟、亲戚的埋怨与指责当中，没有一个人可以理解他。宏斌的母亲八九十岁了，母亲很恨这个媳妇，"你明明不爱我儿子，又让我儿子为你做了那么多，我恨不得打死你。"

有一次饭店的厨子阿峰还故意跟苏曼青说，"阿嫂，你要懂得放下。"

她回答，"为什么要离开我？"

阿峰傻眼了，因为已经过了三十年了，她还在爱着她的初恋。

"老弟送你一句话，你要懂得放下。"

她回答，"为什么要分手？"

听得阿峰心酸，他眼睁睁看着这对夫妻，一个不爱他，一个爱着她。一个不想他，一个牵挂她。

苏曼青问阿峰，"阿峰，阿峰，老大这几天很累，他血压比较高。阿峰，如果他倒下去，我不知道该怎么办。"

他冷冷地说，"那你就自杀吧。"

"你说话怎么那么直接？"她傻笑着说。

"除了自杀以外，还能做什么？没有人会照顾你。"

"所以我要好好关心他。"

"这就对了。"

她对宏斌慢慢也有了爱，但是那种爱只是感激，没有爱情。

6_

宏斌每天都这样接送她，风雨无阻，对她嘘寒问暖。

他眼睛一直在看着她，曼青如果看着一个地方目不转睛，他就会想，糟糕，我的老婆又傻掉了。

曼青的眼睛稍微揉一下，宏斌就担心，她怎么了？以为她在哭。

宏斌把自己也快逼疯了，其实他的身体也不好，他的心随着老婆的身体状况在起伏。他被查出有高血压与心脏病。

宏斌为了她奉献了自己的一生。

苏曼青六十岁那年死于脑血栓。死之前她的眼睛还睁着，嘴巴也一直张着，有人在身边小声议论，苏曼青还在想着她的初恋呢，死都不瞑目。

宏斌走上前，用颤抖的手合下了曼青的眼睛。他带着哭腔一遍遍重复着叫她的名字，曼青，曼青，曼青……

他的眼泪落满了苏曼青冰冷的脸颊。

他将苏曼青埋在一座青山上，坟前种了香樟树。每天他都会来坟前看看他心爱的女人，扫一扫落在地上的树叶，与她说说话。他知道苏曼青怕孤单。

7

过了些年，一位老朋友来看望宏斌，老朋友取出一张泛黄的照片，上面写着"十五岁留影"。照片上的苏曼青扎着两个大大的麻花辫，清澈的眸子，笑得像一朵太阳花。

朋友问他还认不认识这个人，他接过来，大概以前从未见过，静静地望着，嘴角慢慢往下弯，像是要哭的样子。他的喉头微微动着，像有万语千言堵在心里。

他沉默着，把照片紧紧握在手中，生怕照片中的人飞走似的。许久，他才抬起头，像小孩求情似的对朋友说，"可以给我吗？"

一生只爱一个人，多么珍贵。

不 爱 ， 就 是 不 爱

十二岁那年，卓林读小学。

那一年，班里转来了一个名叫苏莉莎的插班生，那是一个看起来十分乖巧可人的女孩。平常不爱说话，成绩优秀。他后来才知道那个女孩其实就是数学老师的女儿。

卓林不知道为什么，见到苏莉莎的第一刻内心便有了波动。她与班里的其他女孩都不一样，他觉得她的身上有一种与生俱来的灵气。可是，那时候的他是这个班里的调皮生，成绩总是排倒数。

卓林知道，他们本是两个世界的人，可是他还是陷了下去，无法自拔。

卓林和苏莉莎都坐在第一排，只是他在第一组，她在第四组。上课的时候，卓林忍不住偷偷看她，一边看一边用钢笔戳着书本。等他回过神来才发现，他的书本被钢笔戳出了无数个大大小小的洞。老师发现他上课不认真听讲，便勒令他去教室外面罚站。

那时候已是深冬，卓林站在空荡荡的走廊上，寒风透过他敞开的衣领钻进皮肤，他的全身都在颤抖。可是他的目光依然会偷偷地望向苏莉莎。

没有人知道，他对她的喜欢。

苏莉莎生日的时候，从不去精品店的卓林跑遍了小镇上所有的精品店，只为给她送一个好看的布娃娃。走出精品店的时候刚好下起了大雨，他没有带伞。

那一刻，卓林只想快一点把这个礼物送给苏莉莎。他知道，女孩子都喜欢漂亮的布娃娃。

卓林把布娃娃裹在宽厚的棉衣里，毫不犹豫地冲进雨中奔跑起来。雨水打湿了他的头发，他的眉眼，也打湿了他的衣服。

可是，他的心里并没有凉意，他觉得能为喜欢的人付出，是一件快乐的事。

布娃娃一直被裹在他的棉衣里，滴水未沾。

当他气喘吁吁地跑到苏莉莎面前把布娃娃递给她时，他分明看见她的眼里含着泪水。可是，这世界上有许多感情，不是你用感动就能轻而易举地获取的。感动，并不会带来爱，更不会成为你爱的救赎。即使卓林多么喜欢苏莉莎，她都不会接受他。因为，从一开始就注定了，他们是属于两个世界的人。

卓林依然固执地喜欢着她，不惧怕结果地喜欢着。哪怕苏莉莎问他借一块橡皮，他都是欢喜的。喜欢一个人，就是这样的痴，这样的傻，这样的不计代价。

后来，卓林听说班里另外一个男生也在追苏莉莎。那个男生家里有钱，会时常给女孩送花送巧克力。可他除了一颗真心，什么都没有。他的父亲只是菜市场一个卖菜的农人。

也许自己追不到苏莉莎，可是卓林也无法容忍别的男孩去追求她。有一天放学后，他在回家的路上拦住那个有钱的男生，当场就挥了几拳过去。他一边打还一边嚷道，"以后你如果还去找苏莉莎，我要了你的命！"

那个男生也不甘示弱，马上反攻过来。他们就那样扭打在一起。回到家的时候，他的脸上青一块紫一块。母亲看见他这个样子就知道他又闯了祸，一边责骂他一边给他的脸上药。

十二岁那年，他已经懂得了，要为自己爱的人，拼命。

2

小学毕业以后，苏莉莎考上了镇上的重点中学，而他，毫无疑问地只被一所普通的中学录取。

开学以后，卓林非常地想念她。每天清晨走出家门，他没有去自己的学校，而是走向了另外一条路。那一条路，可以通向苏莉莎的学校。他就独自守在她学校外面的一条小路上，等着苏莉莎放学。等她出来以后，卓林只是在某个角落远远地观望着她，从不敢接近。

每一天十几个小时的等待，只为看她一眼。看她换了漂亮的连衣裙，看她戴了闪闪发光的银色发卡，看她一边与同伴说笑一边用手撩着发梢，看她笑起来的时候露出来的小酒窝。

爱上一个人，就像着了魔一样，心里念的是她，嘴里说的是她，每一天做的每一件事都是为了她。真是爱得失去了魂。可是，就是这样的爱，他也心甘情愿地去独自坚守。

为了给苏莉莎买礼物，他省下了自己从母亲手里领来的午餐钱。他给她买红色的蝴蝶结发卡，他用热水泡好了一杯优乐美然后趁她不在的时候放在她的书桌上，他知道她喜欢看书，就托朋友从外面的大城市带来了几本好书给她。

女孩其实知道，这些赠予都是来自那个傻傻爱着她的男孩。她也清楚地知道，他与她是不可能走到一起的。

不是没有过心动，而是，来自现实的压力。他们本就是属于两个世界的人啊！

卓林越来越瘦了，为了他深爱的女孩。可是，他依然无怨无悔。随着时光的飞逝，他爱得愈加的痴狂了。有一次，他用刀割破了手指，然后用自己的鲜血给苏莉莎写了一封情书。他还把他的一小撮头发剪下来夹在了信纸里。

他将自己的整颗真心都包裹在了这薄薄的信封里。可是他却不知道，苏莉莎从小就晕血。见到他血书的那一刻，她真的被吓到了。他的血让她差一点晕厥。

之后的那几天，苏莉莎总会做噩梦。

在梦里，卓林成了怪兽，成了吃她的魔王。而卓林，也会梦见她。梦里的她依旧是飞翔在花丛中的仙子，是挥舞着洁白翅膀的天使，是守着皎洁月光的玉兔。

卓林痴情地爱着，却让她怕了。她心里等待着的，是一个骑着白马的王子。如果在童话中，他永远都只是一个马夫。他爱得越烈，就越让她心生畏惧。

这世间的爱，多是这般痴心的纠缠。

3

初二那年，苏莉莎的家搬到了另一个县城。她自己也随同家人一起离开了这个小镇。

苏莉莎转到了县城的一所中学继续读初中。她以为这将是最好的离别。时间，会让卓林淡忘了对她的喜欢。

可是，她怎么也不会想到，卓林为了她，辍学了。苏莉莎搬到县城的一个月后，卓林办理了辍学手续，然后随她而来。

他知道自己不是读书的料。他的心里只有苏莉莎，他忘不了她。他固执地以为，就算苏莉莎不喜欢他，只要他自己努力地爱着，就足够了。

卓林依然会在苏莉莎的学校外面等待她，也依然会站在某个角落远远地观望着她。她那么美丽，那么优秀，于他而言，这样的女孩是那样的可望而不可即。可是，他甘愿这样默默地守护在她的身边。只要能看她一眼，内心便会觉得踏实了。

好几次，他们都在这座城市不期而遇。开始苏莉莎是惊讶的，还会走过来与他说几句话，到后来，她只要看见他就刻意地躲避他。她的心里不是没有感动，可是她害怕，害怕自己稍微对他好一些，就会让他陷得更深。

不爱，就是不爱。爱情这件事，永远都没有办法勉强。若是这样藕断丝连地牵扯着，倒不如决绝地选择离开。这样，对谁都好。

可是，爱着的那个人不会这样想。这爱，已经成了他心里的一根刺，永远都拔不下了呀！就算是永生的疼痛，亦是心甘。

若是深爱一个人，那些思念，那些酸楚，那些肝肠寸断，就会成了生命中刻骨铭心的一部分，无法割离。

4

卓林在那座县城守护她整整两年的时间。

两年后的一天，苏莉莎托朋友转交给了他一封信。他欣喜若狂地展开信纸，苏莉莎在信中写道，"你要知道，没有一个女孩愿意与一个一事无成的男生在一起。你若是真的喜欢我，你就应该去外面闯出一番事业来。"

只是因为这短短的几十个字，卓林踏上了南下打工的火车。他以为，只要他努力地赚回许多的钱，苏莉莎就一定会与他在一起。

踏上火车的那一刻，他是微笑着的。他的心里有了寄托，有了希望。

只是卓林不知道，外面的那个世界，比他想象中的更加残酷与艰辛。因为只有小学学历，所以他刚去那座大城市的时候只能去找体力活来干。他去工地上搬水泥，那时候正值酷暑，每天干活的时候，他的汗水都会浸湿他的背心。一个月下来，他瘦弱的肩膀也被压弯了一些，不再像先前那么挺拔了。肩膀上的皮肤被水泥板子擦破了，流了血，结了痂。过几天，那痂又被磨破了，总是带着这样的伤痛。可是，他不怕，他想，多苦，都要扛下来。因为，都是为了她呀！

　　发了辛苦钱，卓林也舍不得添置一件新衣裳，而是把它都存起来。他想，有一天，他攒到很多很多钱了，就可以回家见苏莉莎了。

　　卓林还计划着，那一天，一定要给她买所有她喜欢的东西。

　　后来，卓林在这城里面结识了一些朋友。依靠那些朋友的介绍，他又换着做了许多份工作。

　　他去酒店里当服务生，去鞋厂做流水线的活儿，去小店里当油漆工，还去房地产公司里当过销售员。他做人厚道做事踏实，不到两年的时间，他就积累下了可观的资金。

　　每当他累了的时候，他就情不自禁地想到了苏莉莎的笑脸。她的笑多么温暖多么好看呀。笑起来的时候，脸上有小小的酒窝。想到她，所有的苦累都会在瞬间烟消云散。

　　爱，是多么坚定的信念。它支撑着他一步步地走了下来。

　　卓林想，等到明年，他就能带着辛辛苦苦挣来的钱回去见苏莉莎了。他以为，这样的见面，一定是拥有。他爱了她这么些年了，他一直相信，总有一天，他会用他的整颗真心去打动苏莉莎的。

　　在那座沿海城市奋斗的第三年，他受一个朋友的鼓动，把所有的钱拿来参与了一项大生意的投资。

　　朋友说，只要这一次赚了，你一定能抱着一大堆钱见你那个家乡的媳妇。

他信了朋友的话，拿出了全部的家当。他只是太迫切回家了。他太想念她。然而，只有赚够了钱才有脸去见她呀！他要带给她幸福。他只是这样单纯地希望着。

可是，让他始料未及的是，这次生意彻底地失败了。顷刻间，他又成了两年前那个身无分文的自己。

从来没有掉过眼泪的他，在灯红酒绿的城市街道上哭了。他对着天空大声地号叫，"为什么？为什么？为什么连老天爷都不让我马上见到你？！"

那个晚上，他喝了许多酒。睡在潮湿的地下室里，像一尾发酵的鱼。醉意朦胧中，卓林一直在喊苏莉莎的名字。他说，你可知道，我有多想你！

我想你。好想你。而你，在哪里？

5

通过朋友的帮助，卓林去了一家大型超市当采购员。他告诉自己，不能被困难打倒！一定要重新站起来，一定要让她看到那个最出息的自己。

那几个月，白天他在超市勤勤恳恳地工作，晚上还会进点服饰去夜市卖。每天都是凌晨过后才拖着疲惫的身子回到住处。他总是在心里对自己说，再坚持一会儿，再坚持一会儿，一切都会好起来的。

那年年末，卓林终于决定回家了。他想，苏莉莎一定能看到他的努力，一定会的。

三天三夜的火车，他终于赶回了苏莉莎所在的县城。那时候，女孩已经高中毕业了。他听以前的同学说，高考时她失误了，只考到了省城一所普通的二本院校。

卓林知道只能在她家楼下才能碰见她了，便买了一大束花站在她家楼下等她。他不知道她多久会出现，可是只要有希望，他就会努力地去做。

在苏莉莎家的楼下，卓林等了整整一天的时间，他在心里反反复复地练习着应该对她说的话。应该对她说些什么呢？对她说我在外面所历经的艰辛吗？还是说，我每天都梦见她，每天都牵挂着她？

夜幕降临的时候，卓林忽然看到了她那熟悉的身影。可是让他惊讶的是，她的右手正挽在一个男孩的臂弯里。

苏莉莎走近了，看见是卓林，惊了一下。他能感觉到那一刻，她眼里所呈现出的慌乱。她把手迅速地从身边那个男孩的臂弯里抽离了出来。

她轻声地问道，"你怎么回来了？"

卓林心里翻江倒海般的难受，他没有回答苏莉莎的问话，而是看着那个男生反问她，"他是？"

还没等苏莉莎回答，她身边的那个男孩就微笑着说，"你好，我是她的男朋友。"

那一刻，女孩把头低了下去，而他，愣了一分钟过后，说了一声，"祝你们幸福！"然后拿着那束火红的玫瑰消失在了街角。

他一直跑，手中捧着那束玫瑰花。花瓣一片一片地落下来，散落在风里。他不知道自己这一刻在想什么，只觉得大脑一片空白。只有眼泪顺着眼角滴落了下来，落了一地的，还有他那颗破碎的心。

爱一个人，为什么这么苦痛？一次次地付出，一次次地肝肠寸断，以为这些能换回眼前的柳暗花明，以为幸福一定会在下一个转角出现。可是，为何走了那么远，走得那么辛苦，最后才发现，自己依然在原点。

而那个所谓的伊人，早已躺在了别人的温柔乡。

这其中的痛，你不知道！你也永远不会知道了！

6

那以后，卓林回到家乡找了一些杂活来做。

他是后来才知道的，那个男生是一个会画画的特长生，喜爱文学，与她很是投缘。那一年，他们考上了同一个城市不同的大学。

他们，才是真正的郎才女貌呀。而自己只有将内心的思念深深地埋起来，不再提起。

那年的九月份，苏莉莎去了省城读大学，卓林留在了家乡当了一名驾驶员。父母给他相亲，他都拒绝了。有女孩喜欢他，主动向他表白，他也看得很淡。只是挥一挥手。他知道，是内心里的那根刺一直在隐隐地发作。爱得太深太深了，连放下都变得不再容易。

他依然会在梦里遇见她。

梦里的她依旧是那个穿着白色连衣裙，戴着水晶发卡，面容清秀的女孩。依然是最动人的天使。

每次放寒暑假的时候，卓林都会在家乡组织一次小学同学聚会。他请大家吃饭，请大家唱歌。

那时候，以前许多的同学都在读大学，只有小学文凭的他感到这其中总是有一种距离。对此他非常难过。

他忽然有点恨当初的自己了，如果以前与他们一样也当个好学生，现在也不会这样了。

其实，谁都知道，他组织同学聚会只有一个目的，就是为了看苏莉莎一眼。就像十几岁的时候，为了见到她，他宁愿在学校门口等一天一样。

他还是爱她的。

卓林知道。

其实，苏莉莎也是知道的。只是，他们都学会了隐藏与搁浅。

二十一岁这年夏天，卓林收到了苏莉莎的一封邮件。

卓林：

这么多年，感谢你一直爱着我。谢谢你为我所做的一切。我想，我们从一开始就是两根平行线，注定了没有交点。你要知道，这个世界有许多爱，不是付出了就会得到相应的回报。但是我相信，爱，一定会让人成长起来！我要寻找的是一个能与我的内心相契合的男子，不是用钱来衡量的。几年前，我写信鼓励你去外面干出一番事业来，是因为我觉得，对一个成熟的男性而言，生活的重心不仅仅是爱情。你还要追求你的事业，珍惜你的家人。奋斗心、进取心与责任心才是你以后幸福婚姻的垫脚石呀。

希望你能懂得，拥有我，并不代表你拥有了全部的幸福；失去我，也并不代表着你失去了人生中所有的信念。祝福你。

那一刻，卓林只觉得内心明朗了起来。

爱了她整整九年呀！人生中又会有多少个九年？人生中最珍贵的那些年华，都用在了对她的爱里。

后来，他也交了女朋友，可是他不会再像爱她一样去爱一个女子了。她是他的初恋，他从一个小男孩的时候就爱上了她，一直爱到他成为一个有所担当的男子。他没有拥有她，可是这份爱让他成长了。

那些梦里的影子，那些用血写下的情书，那些用泪水浇灌的玫瑰……它们终会化作内心里的那一根刺，一根带着倒钩的刺，越是挣扎越疼痛，一生都无法拔除。

这 一 生 ， 我 最 对 不 起 的 人

1

我叫青青，青草的青。

在这所大学里，我没有朋友，因为，我是一个不会说话的孩子。唯一与我形影不离的是一台旧了的手风琴，我爱它，就像爱自己的生命。

不画画的时候，我就背着我心爱的手风琴去学校的后花园。那是学校一个很僻静的地方，那里有苍老的大树，有依附在斑驳老墙上的爬山虎，有大片的草地，还有一条幽深的长廊。站在长廊的栏杆边，会看见一条静静流淌的大河。虽然我的喉咙发不出声音，但是我还可以用我的耳朵聆听这个世界美妙的乐曲。栖息在树枝的小鸟发出的鸣叫声，草地里幼虫的呼唤，还有流水哗哗的声响都会伴着手风琴的低鸣一同沉入我绵长而寂静的梦里。

因为有了手风琴的陪伴，所以我并不觉得自己是孤独的，但是我依旧羡慕着别人，羡慕别的女生一起欢笑的快乐，羡慕那些站在舞台上歌唱的人儿，羡慕那些我无法拥有的幸福。我常常在想，如果我的青春也是彩色的，多好！可是，它永远都是黑白色的，就像手风琴的琴键一样，素净而冷清。

只有拉琴的时候，我才能感受到内心深处的快乐。每当抚摸它的时候，我就会感到亲近与喜悦。生命最初的缺失让我陷在了一个人的世界里，我在这个被幻想出来的伊甸园里奔跑，仰望，哭泣。那是一种根深蒂固的疼痛，一种遥不可及的念想与牵挂。

2_

　　那个后花园成了我每天都会去亲近的地方，透过鲜亮的光，我坐在大树底下一遍遍地重复着熟悉的乐曲，那些音符是来自我灵魂深处的声音，那是旁人无法触及的秘密。

　　不知从多久开始，后花园里多出了一些同学诵读课本的声音。他们的脸总是藏在簇拥的树叶里，我看不见。但是我能够清晰地听到他们诵读课本时，富有磁性的声音。或许，每个人的心中都有一个梦，他们的梦藏在了书本里，而我的梦藏在了琴声里。

　　我并没有太在意他们的介入，我知道，我就像一只刺猬，用长长的刺保护着自己。我不能接近任何一个人，不能。

　　那是一个冬天，一天我依旧靠在大树底下拉着我的手风琴。突然，我的眼前出现了一个披着长头发的女人，她冲着我露出诡异的笑。我认识这个女人，她常常站在我们学校的大门口，咿咿呀呀地胡言乱语，她是一个疯了的女人。

　　疯女人在我面前傻傻地笑着，她的双眼直勾勾地盯着我怀里的手风琴。那一刻，我停下了曲子，下意识地抱紧了我的手风琴。因为恐惧我的手指开始颤抖。

　　疯女人开始抢夺我心爱的手风琴，我想大声地喊叫，我想发出声音，但是发不出来，泪水不争气地夺眶而出。她用力地将我扑倒在地，疯狂地扯拽手风琴。最终我无力抵抗，手风琴被她无情地夺走。那一刻，我的世界仿佛塌下来了。

　　我本能地向她扑过去，试图从她的手里夺回我心爱的手风琴。

　　"嘭！"当手风琴从她的手中跌落在地上的时候，我的心都快碎了。我流着眼泪爬到手风琴的边上，那一刻，我抱着我心爱的手风琴哭成了泪人。泪水大滴大滴地掉落在琴键上，滴滴答答，像一首哀歌。

3

如果生命是一幅画，那么在我十二岁以前，这幅画一定是色彩缤纷的。可是在十二岁以后，这幅画永远地黯淡了下去。

因为，我的母亲。

我在一个南方的小镇里长大，父亲是医生，母亲是一个小学的音乐老师。

十二岁以前，我是一个会说话的孩子，我还会唱歌，那些歌曲都是母亲教我的。在我的记忆里，母亲是一个美丽的女人，她有天生的卷发，明亮的眼睛。还有一个好听的名字，叫做莲心。

母亲有一台手风琴，她会用这台手风琴拉出很美妙很动听的曲子。小时候，她常常会拉着我的小手去离家不远的草坪上拉琴给我听。听母亲拉手风琴，成了我童年里最美好的记忆。等我稍大一点后，母亲便开始教我拉琴了，九岁那年，我就学会了拉《梁祝》的曲子。

或许是因为过早地接触了音乐，我比同龄的小孩更敏感于周遭的生活，也更向往着所有美好的事物。

可是，我的家并不幸福，因为父亲与母亲并不相爱。父亲对待病人的时候永远都是那样温和可亲，可是当他面对母亲的时候，却是那样的冷漠。在我的记忆里，母亲从来没有在家里拉过手风琴。我知道，是因为父亲不让她拉琴，他不喜欢手风琴低沉的声音。父亲也不让我跟母亲学琴，可我总是偷偷地学。

父母亲常常会因为一点小事而争吵。父亲甚至会动手打母亲，用凳子砸母亲的背。开始的时候，看见母亲哭，我也哭，然后哭着求父亲不要打母亲。后来，当他们再争吵的时候，我就背着母亲的手风琴，逃离这个家。内心里的阴影是在很小很小的时候就有了的，所以我的好朋友只有母亲和她的手风琴。

直到长大后，我才深深地感知到，母亲是寂寞的。也许，一个女人的寂寞，只是因为在她身边的这个男人并不能懂得她。

十二岁那年的冬天，母亲离开了这个世界。她选择了自杀来结束她痛苦的生命。

那天，当我放学回到家的时候，惊讶地看见母亲的脖颈挂在绳索上，整个身子被悬挂在寂静的房子里。那一刻，我的心里仿佛飞过了无数只黑色的乌鸦，它们在我的心空盘旋着，发出痛苦的哀鸣。

母亲的自杀在我年幼的心灵里埋下了浓重的阴影。我不再相信爱，不再相信这个世界的美好。母亲去世以后，我一个人抱着手风琴去她的坟前拉《梁祝》给她听，那是她生前最爱的曲子。我宁愿相信，母亲是化作了蝴蝶飞向了远方。母亲曾经告诉过我，山的那一边就是远方，那是一个充满了爱的世界。

我悲恸地在母亲的坟前哭了三天三夜，回到家以后，我再不能发出任何的声音。

父亲带着我去看了最好的医生，但是依然没有任何的希望。我在想，这样是不是更好呢？我就可以永远活在自己的世界里了。

4

母亲去世后还不到三个月的时间，父亲便告诉我，他将要娶另一个女人。她叫苏贞。

她是父亲单位里的一名护士，比父亲小了十几岁。这一年，我的父亲已近不惑之年，而她连三十岁都不到。

她看起来是那样平凡，眼睛很小，戴着一副眼镜，头发高高地束在脑后。与父亲结婚以后，她取代了母亲的位置。但不同的是，父亲待她极好，总是嘘寒问暖，常常带着她去小河边散步，有时还与她去镇上唯一的一家舞厅跳舞。父亲从未对她说过一句重话，总是那般温柔。那时候，我在父亲的脸上看到了从未有过的幸福。

父亲爱这个女人，很爱很爱。然而父亲越爱她，我便越恨她。在她面前，我从未笑过，我看她的时候，眼里充满了恨意。

渐渐地，我从邻居的闲聊中知道了更多关于他们的事。原来，在母亲还没有嫁给父亲之前，父亲便认识了这个年轻护士。她绘画很好，而父亲从小就爱绘画，但是因为家庭环境他不得不放弃了手中的画笔，所以当苏贞来到父亲所在的医院工作以后，便相见恨晚，很是投缘。苏贞在工作之余经常与父亲谈论起各自对绘画的爱。

苏贞从小就生长在一个单亲家庭，从五岁开始便爱上了绘画，八岁开始正式学画。因为母亲的不支持，所以一路走来并不容易。十八岁那年，因为母亲病重，她不得不放弃读书深造的机会，回到了这个小镇，当了一名护士。

因为各自都怀抱着对绘画的这份牵念，所以父亲与苏贞很快便相爱了。但是因为年龄之间的差距，他们的爱情遭到了很多人的反对。爷爷奶奶怕父亲越陷越深，便找了媒人，定了与我母亲的婚事。当时，母亲出自书香门第，刚分配到小镇里当音乐老师，她与父亲是门当户对的。

父亲为了与苏贞的爱情，极力反对这门婚事，但是爷爷却对他说，"你只有两种选择，第一，选择莲心，我们继续维持父子的关系；第二，选择苏贞，从此以后再也不要回这个家！"

父亲是一个很有孝心的人，最终，在迫不得已的情况下他选择了娶我的母亲。

也许父亲以为是我母亲的到来，才破坏了他与苏贞的姻缘，所以在婚后的十几年时间里，他从未给过母亲一点爱。父亲不爱母亲，甚至恨她。这样的婚姻注定只是悲剧。他唯一给过母亲的就是让母亲拥有了我。仿佛是恩赐一般，母亲拥有了她唯一最爱的女儿。

母亲成了父亲的妻子，但是她永远都得不到他的心；

苏贞得到了父亲的心，却无法成为他的妻子；

父亲因为世俗成全了一段婚姻，却生出了三个人的悲剧。

这，究竟是谁的错呢？

如果说父亲与母亲的婚姻是一场悲剧，那么，我的出生又算什么呢？是不是上帝怀了悲悯之心，怜惜我的母亲孤苦，才派了我来带给她幸福与快乐？

可是我的到来并没有挽救母亲内心里的悲苦，因为苏贞，因为这个父亲深爱的女子并没有离开。

父亲去医院工作的时候，依然会每天看到苏贞。横亘在他们之间的，其实并不是年龄，而是世俗。苏贞没有成为他的妻子，但是成了他的情人。

所以，在我的记忆里，父母的争吵中总会有苏贞这个名字。苏贞从小就失去了父亲，十年光阴的差距却依然让她甘愿飞蛾扑火，难道，她是想要在这个四十岁男子的身上，索取一份父爱吗？抑或，她是真的爱他。

5_

断断续续地听了他们之间的故事，我的心里积压了更多对苏贞的仇恨。如果不是她，我的母亲一定会幸福地与父亲生活在一起；如果不是她，母亲一定还在这个世界上；如果不是她，我不会失去我应该拥有的爱与快乐……

她在家里的时候，会时常拿起手中的纸和笔画画，她画看书时的父亲，画盛开的花朵，画院子里的家禽。有一次我正在离家不远的那个草坪上拉手风琴，回过头的时候看见她正在拿着画笔对着我画着什么。我放下手风琴跑向她，一把抓过她手中的画纸。当看到画纸上我拉手风琴的背影时，我气急了，当着她的面，我狠狠地把画纸撕得粉碎，然后丢在草地上。

那个晚上，我偷偷地找来了她所有的画，然后把这些画抱到了顶楼。在黑夜里，我用火柴，引燃了她所有的画。画纸在火光中发出吱吱的声响，那一刻，我觉得我是在做一件伟大的事，我知道我的母亲看到这一幕一定会开心的。仇恨让我在这一片橘黄色的火光中露出了笑脸。

那个时候，我并不知道，这些画是她从小到大珍藏下来的，这些画里，珍藏了她所有的爱。

第二天，当苏贞发现自己的画作变为了一堆灰烬时，竟号啕大哭起来。那种撕心裂肺的哭泣与我曾经在母亲坟前的哭泣是如此相同。我站在角落里看着她悲恸的样子，心里竟没有一丝的自豪感，反而是无法掩饰的痛苦。

那天晚上，父亲脸上爬满了从未有过的愤怒，他气得浑身发抖，然后用一根绳子狠狠地往我身上抽。他一边抽打着我，一边悲痛地对着我怒吼，"青青，你知道吗？那些画可是你苏贞阿姨几十年的心血啊！几十年的心血！"

我没有躲避他对我的惩罚，我知道，这是我应该承担的。绳子重重地落在我的身上，很痛很痛，但是我却发不出任何声音，只有眼泪大滴大滴地落了下来。

后来，苏贞来了，她夺过父亲手中的绳子，然后紧紧地抱住了我。她一边哭泣一边对我说，"青青，阿姨知道这一生对不起你的母亲！阿姨知道自己亏欠了你！这都是命啊……命啊……青青，以后阿姨会好好地待你，就像待自己的亲生孩子一样。只要你愿意，阿姨愿意成为你的妈妈！"那一刻，我扑到她的怀里，泪如泉涌。

6

经过那件事以后，我对苏贞的恨渐渐地淡了一些。她摧毁了我作为一个女儿对亲情的渴望，我摧毁了她几十年积累下来的绘画作品，都是生命中最重要的那一部分。因为补偿了生命中的亏欠，所以少年时尚未成熟的心，便得到了平衡。

我渐渐地接受了她对我的疼爱。她确实像对待亲生女儿一般爱我，当冬天到来的时候，她为我织温暖的白色围巾；当我生病的时候，她会给我煎药；当阳光明媚的时候，她会带着我去大山里采摘杜鹃花……

后来，受到苏贞的影响，我也爱上了画画。我渐渐地发现，画画和拉手风琴一样，也能带来爱与喜悦。十四岁时，苏贞开始教我画画，她把她从小积累下来的绘画知识一点一滴地教给了我。每当苏贞教我画画的时候，父亲就会在一旁露出无比欣心的笑容，我知道，那不仅仅是因为我正在延续他少年时遗落的梦想，不仅仅是如此。

有了绘画与手风琴的陪伴，我那原本单调残缺的少年时光变得美好起来。

十六岁那年，我开始正式在学校的美术老师那里学画了。苏贞告诉我，只要你努力画画，三年后，你会考上大学的！

我知道，大学在山的那边，在远方。母亲也曾对我说过，远方，是一个充满了爱的地方。所以走进画室的第一天我就告诉自己，一定要成为最努力的那一个！

因为自身的一些缺陷，所以在学画的过程中，我遇到了很多困难。可是因为内心有一个信念在支撑着自己，所以我勇敢地走了下来。每天晚上，我都会坚持一个人在画室里画到很晚，可是不管有多晚，父亲和苏贞都会来学校的画室接我回家。当我在黑夜里一只手牵着父亲，一只手牵着苏贞往回家的方向走时，我的内心就有一种幸福感与无法掩饰的负罪感。

母亲，如果您看到了这一幕，您会为女儿高兴，还是会责怪女儿的无情呢？

可是母亲，您知道，您一直在女儿的心里，永远都没有人能替代您的位置。母亲，我在走向一条通往爱与希望的路途，不是么？

7

十八岁那年，我终于以优异的成绩考上了北方的一所美术学院。

接到通知书的那一天，父亲和苏阿姨都很激动。那个晚上，阿姨弄了一桌子的好菜来庆祝我所取得的成绩，父亲喝了很多的酒。

几杯酒下肚后，父亲对我说，"青青啊，你终于实现了我跟你苏贞阿姨的梦想。你要知道，那个时候不是我们不爱画画，而是现实太残酷了啊！"

放下酒杯后，他望了望客厅里母亲的遗像，缓缓地说，"这一生，我最对不起的人就是你的母亲。她在世的时候我从未让她度过一天幸福的日子，可是，我又有什么办法呢？青青，这都是命啊！你母亲在生前最爱拉手风琴了，那台旧了的手风琴是她唯一留给你的东西。去大学以后，把手风琴也带上吧。就像母亲一直陪在你身边一样……"

那一刻，我看见了父亲溢满了眼眶的热泪。

人这一生会经历多少爱？这爱里总会有太多的残缺，太多的隐忍，太多的牵念。如果当时拥有的时候就懂得这份爱的珍贵，怕是不会生出这样多的痛苦与悔恨了吧。可是，人生就是这样的无可奈何啊！

离开小镇之前，我去山野里看望了母亲。母亲的坟前有一束新鲜的菊花，我知道，那一定是父亲来看望她了。母亲去世后每一个月最后的那一天，父亲都会去看望她，给她带一小束的清淡菊花。这是我母亲生前最爱的花，淡雅而素净。

父亲是怕母亲太寂寞吧。

亲爱的母亲，这一刻，我多想说些话给您听啊！多么遗憾，青青无法说给您听。但是青青知道，有些话不说，您一定会懂得。

我还是像往常一样，在母亲的墓碑前拉起了手风琴。这一刻，手风琴似乎唱起了歌，一首饱含了太多爱太多回忆的歌。这歌声随着和风飘向了山的那一头，飘向了更远的地方。

母亲说，那个地方，叫做远方。

一 生 只 穿 旗 袍

1

　　小时候，母亲会在暑假时把我送到外婆家。外婆家在明德巷，而住在明德巷的人都知道，在这个老巷子里住着一位只穿旗袍的沈阿婆。

　　沈阿婆那时已经有七十六岁了，但是走路比姑娘还快。因为总是穿旗袍的缘故，她看起来比同龄的阿婆更显年轻与妩媚。

　　她家里除了睡衣全是旗袍，出门的时候她只穿旗袍。为了穿旗袍好看，她保持了一辈子的好身材。每逢遇上巷子里的姑娘，就会跟姑娘说，"丫头你该减肥了，你那身材去做旗袍人家会以为你做男士衬衣的。"

　　她常年一个人住着，丈夫在几十年前就因病去世了，没有子女。

　　成都的日子过得闲散，以搓麻将喝茶为生活的一大乐事，沈阿婆平常没事也爱搓麻将，住在巷子里的女人都喜欢跟沈阿婆一起邀对，因为沈阿婆总会穿着不同颜色不同样式的旗袍出现在她们面前，她只是在那坐着，就已经是一道风景。女人们都知道她年轻时在上海是见过大场面的，也去西藏当过女兵，她们就爱听沈阿婆说以往的故事，阿婆也爱给她们讲那些压在记忆箱底的事儿，仿佛这样，她就依然活在那个如花似梦的年纪呢。

　　女人们都爱慕她的旗袍，对于旗袍，它本来就漂亮，没几个女人能经受旗袍的诱惑。

　　沈阿婆就会给她们说她收藏的旗袍面料、襟型、盘扣。面料除绸缎、洋绢、提花丝绒、锦缎、香云纱，还有色织布、土布、阴丹士林布等。旗袍的襟形有如意襟、圆襟、直襟、方襟、琵琶襟、斜襟、双襟。袖型有长袖、短袖、开衩袖、荷叶袖、喇叭袖。除了普通的一字扣，还有各式各样的盘扣，如梅花扣、菊花扣、玫瑰扣、琵琶扣、孔雀扣、蝴蝶扣。旗袍的纹样，条格织物、几何图案纹织物大受欢迎，穿插着缠枝花纹、喜上眉梢、花卉图案，显得通透雅致。

她说到心爱的旗袍时，简直如数家珍，女人们总会听得入了迷。她还会回忆起三十年代那些走在大上海街头的妩媚女人们，她们叼着时髦的过滤嘴香烟，穿着各式的旗袍，陪伴有钱的阔佬们打高尔夫球，她们不上场，只是像一朵香艳艳的花，在一旁映照着阔佬的脸庞。她们不关心时政，却对赛马行情头头是道。

2

沈阿婆指着身上穿的黑色暗花旗袍说，她曾穿着它去听过梅先生的《贵妃醉酒》。

她听戏，是个老戏迷。

最爱昆曲，因为梅先生她才发现京剧的美，她偏爱旦角儿。还是少女的时候，她在上海读女校，大晚上翻墙出去，出了校门去女厕里脱了大校服换上旗袍，就为看一眼程砚秋先生。那时候经常为听戏挨打，说是资产阶级腐蚀剂。

后来她参了军，去了西藏，因为闹革命，她便把珍爱的旗袍都收纳好，放置在老家。可她还是没忍住，偷偷地带了一件她最喜欢式样的旗袍压在箱底。每天晚上，她都会悄悄地拿出来，在油灯下，一遍又一遍抚摸旗袍的面料，就像抚摸恋人的身躯，那么的令人痴迷眷恋。实在忍不住，就悄悄穿上它在屋里走来走去，不时还摆着姿势。直到某一天被人打了小报告，写了好一顿检查，旗袍也被没收了。至此，她再也没有见到她最中意的那件旗袍。现在每每说起，沈阿婆仍会啧啧地怀恋不已，那神情仿佛那件旗袍始终在她的身上，从未离开。

她的丈夫就是那时候认识她的。丈夫一直劝她，晚上出军营不安全，被那些反动派抓到了会被挖眼抽筋，但到现在她都认为他是吓唬她。

她在部队待了好些年，等到反击战结束她就退伍回来，但丈夫一直在部队。她上过学，在上海读过女校，那时候家里还给她请过英语辅导。那会儿上海时兴出国，她能说一口流利的英文。她从部队回来之后，因为担心路上的邮差看她的信，就给丈夫写了封英文信，丈夫三个月后回信来，却说一个字都没看懂。

3

她其实不算个文艺至死的女人。她不会特意去寻来诗集，八十年代，顾城、舒婷、北岛来成都宣传诗歌，她是被朋友带到现场的。听他们朗诵的时候，她发现了现代诗的美。

据说她的父亲一直都是坚持革命的那类人，最后不知道怎么突然吸上了鸦片，那会儿鸦片在上海已经不时兴了。她自从进了部队就再也没回过上海。她也懒得想，更懒得讲。

她走到哪儿都会带着旗袍，从上海带到重庆，再带到成都，中途还走了趟西藏，进了一段时间的军营，一刻都没离开过她心爱的旗袍。她想着她得一直留着这些年积累下来的旗袍，它们得陪着她。它们见证了她的稚气未脱，见证了她的风华正茂，也见证了她的白发苍苍。

沈阿婆现在的旗袍一般都是定做的，去年竟是挑了匹艳红色绸子做旗袍，年轻姑娘穿都驾驭不了，她居然还能穿出味道，毕竟是穿了一辈子了。

今年选的是格子棉布，看起来越活越年轻了。

她把家里的旗袍全留着，一件也不能少。以前可以装五个军用大箱子，现在都晾出来了，整整挂了一屋子。老卧室暖阁成了仓库，她把旗袍看得比生命重要。

南方天气潮，旗袍挂在屋里，她怕蚀了，所以每隔一段时间她都会换一批挂，挂在对着窗户的地方，像旗袍窗帘，别有一番韵味。满房子的艳服是挺好的，但旗袍这东西得看人，稍有不慎，穿出来就没味道。

旗袍的颜色真多，阴蓝、深紫、鹅绒黑，颜色越暗，越是一种沁骨的苍凉感。可她最喜欢的颜色是佛教红，就像洗旧了的老红布，她很喜欢。她说有一天她要是去了西藏出家，就是为了那一抹佛教红。

她有精神洁癖，受不了那些商店里像连衣裙似的旗袍。以前买过一件灯芯绒的旗袍，只穿了一次就烧了。她说那不是旗袍。

别人诧异，为什么要烧呢?

不喜欢，看不惯，觉得不舒服。她的解释是，它得有它自己的名字。裙子也好，甚至袍子也可以，但它偏偏以旗袍的身份出现，这是个错误，它没有存在的必要。

她那么喜欢旗袍，似乎就是注定了的事情。只要看上一眼，就得花一辈子和它在一起。就像爱上一个人。

她偶尔会哼几段调子，越唱越凄凉。她其实是个清冷的人。

4

今年初夏，沈阿婆被查出得了胃癌，她知道自己活不久了。一天夜里，她把邻居玉凤叫到跟前，嘱咐道，要是我哪天醒不来了，你就把那箱子里的旗袍全拿走，别放在这里，我怕我会赖着不走，闹得不安生。

玉凤听着沈阿婆的话，不知如何回答，只觉得眼睛涩涩的。

阿婆接着说，玉凤，你知道我为什么一生只穿旗袍吗？因为他说过，他最爱我穿旗袍的样子。他说，只要我穿着旗袍，不管我走到哪儿，他都能找到我。

沈阿婆说完这段话，走到丈夫的遗像前，她低低地唱着昆曲《牡丹亭》，世间何物似情浓？整一片断魂心痛……

还未唱完，她早已老泪纵横。

拥 抱

1

小时候，我是一个自闭的孩子。因为，我的母亲。

在我的记忆里，母亲最爱的花是映山红。每当春天的时候，家里的阳台上就会盛开着许多红色的花朵。这些花就是映山红，都是母亲从大山中采摘移植回来的。每当看到母亲为这些花浇水时，我就会感到心安，那也是母亲唯一一让我感到心安的时候。

平日里，母亲的性格暴烈，像兽，她经常与父亲发生争执。母亲还患有严重的癫痫病，当她发病的时候，就会昏厥在地，肌肉痉挛，神情痛苦。记忆中的父亲，总是会将发病的母亲抬到板车上，然后慌乱而焦灼地推着车朝着医院奔跑。板车的轮子伴随着父亲奔跑的脚步发出一阵阵痛苦的呻吟。

还记得有一次我考试失误了，没有取得母亲要求的优异的成绩。母亲知道后暴跳如雷，将我拉到阁楼上让我跪着，然后用尺子狠狠地打我。我觉得痛，身上和心里都痛，眼泪大滴大滴地从脸颊滑落下来。那时候，我甚至觉得她不是我的亲生母亲。对她，我充满了憎恨与恐惧。

父亲下班后看到伤痕累累的我，心疼不已。他愤怒地走到母亲面前，扇了她一个重重的耳光。母亲气得浑身发抖，然后像一个疯子一般拿起屋里的东西就往地上砸。她的癫痫病又犯了，像只受伤的猫一般倒在了地上，全身颤抖。

我又听到了板车那咿咿呀呀的呻吟声。

我十六岁那年，父亲与母亲离了婚。母亲回到了很远很远的老家，我留在了父亲身边。

老旧的房子因为母亲的离去突然变得安静下来，不再有哭喊声，不再有打闹声，不再有那辆板车的呻吟声。父亲觉得亏欠我，给了我更多的爱，连同母亲应该给我的疼爱与关怀他一并给予了我。

可是不知道为什么，我依然会时常做噩梦，梦见母亲打我、骂我。打完后，她会在黑暗里哭泣，像一个孩子。每次醒来，我的枕巾都湿成一片。

梦里流泪，是怕母亲打我，还是觉得她可怜？我不知。

渐渐地，我的梦少了。偶尔做梦，会梦到大片大片火艳艳的映山红中，我在寻找我的母亲，可总是找不到她。我知道，我想她了。对她的憎恨与恐惧随着时光的变迁，已逐渐变成了内心绵长的牵挂。

一年春天，父亲带着我登上了故乡的高山。山顶上是成片的映山红，它们在阳光下夺目地盛开着。热烈而又不乏温情。

父亲充满慈爱地摘下一朵花然后轻轻地别在我的头发上，我快乐地笑了，眼睛笑成了一弯小小的月牙。那一刻，我突然想到了我做的那个梦，想到了我的母亲，那个喜爱映山红的母亲。我的笑凝固在阳光中，泪滴顺着眼角滑落下来。

面前的父亲似乎猜到了我的心思，他为我擦拭着脸颊的泪水，然后静静地说道，"我知道你很想念她，我何尝不是呢？你知道吗？你的母亲在你一岁以前是十分温柔贤淑的女人，那时候我时常陪着她来山中采摘映山红，那是她最爱的花。后来，因为一场变故她患上了严重的癫痫病，然后就成了你之后看到的她。你要相信，你的母亲是爱你的。"

父亲的话音还未落，我早已泣不成声。

那一刻，我站在山顶上，大声地对着远方呼喊着，"妈妈，我想念你！妈妈，我爱你！"

3

也是在十六岁那年的秋天，我走上了绘画的道路。

当我第一次拿起画笔的时候，我的心里是那样快乐。我知道，它会将我引向一条充满光明充满希望的路途。绘画让我找到了自信，让我逐渐建立起一种对梦想的信念，让我在这个匆忙流转的世界里，找到了一个恒定的点。我的生命也跟着生动起来。

我不再是年少时那个忧伤自闭的女孩，我开始变得快乐。

我时常一个人跑到学校附近的山野中，那里毛茸茸的植物、灿烂的花朵让我的内心溢满温情。我小心翼翼地采摘着它们，仿佛是拾起生命中曾经遗忘的快乐与幸福。大自然激发了我对生活的爱，也赐予了我对艺术的灵性。

我们的画室是一个陈旧的老屋，一共有十几个孩子在这里学画画。每次我都会捧着一大束野花或者叫不出名字的植物跑回画室。我把它们插在瓶子里，然后拿起画笔满怀喜悦地描摹出它们的样子。

我希望我的生命也是这样光鲜美丽并生机勃勃，为此，我一直在努力。

别人玩耍的时候，我在画画；别人午睡的时候，我在画画；别人谈笑风生的时候，我依然一个人待在画室里画画。我曾经对自己说过，努力只是一个很简单的词，而拼命才是为之倾注所有的付出。

十七岁那年的夏天，我的绘画功底已经有了很明显的提高，但是我从未停下手中的画笔。深夜，从画室拖着疲惫的身子出来，竟看见夜幕下飞舞着成千上万只萤火虫，它们闪着生命的光华，那么美。

多么像母亲的眼睛。

4

十八岁那年，我考上了梦寐以求的大学。

我开始拥有了全新的生活。每一天，我穿着素净的衣服，扎着利落的马尾辫穿梭在寝室、画室与图书室之间。现在的我，是一个时常把微笑挂在嘴角的女孩，内心被灿烂的阳光溢满。多么喜欢校园里的爬山虎与古老的大树，那般盛大的绿像绸缎一般在我们的眼帘里无限地延伸着，就像我的梦。

我用我的勤奋换来了更多人的赞赏与喜爱。

次年的春天，看见盛开的映山红，我突然无比地想念母亲。一天，我打电话给父亲，告诉他，我想要画映山红，画一个系列的映山红，只是因为对母亲的念想与爱。

几天以后，我收到了父亲寄来的照片，照片是他在故乡的山野中拍下的映山红，一簇簇，一丛丛，一片片，美丽而光鲜。里面还夹着一张旧了的黑白照片，照片里是一个女子微笑的样子，手捧着大束的映山红，温婉动人。我知道，那是母亲年轻时的样子。

差不多画了两年时间的映山红，二十岁那年春天，正是映山红盛开的时候，我在家乡办了一个画展，画展的主题叫做"拥抱映山红"。

许多人去看了这次画展，那些人站在画前静静地驻足，观望，然后又静静地离开。有赞赏声，有叹息声，也有祈祷声。

画展里有一幅画的前面围观者最多，那幅画画了一个穿着白色连衣裙的女孩，她奔跑在山野里，长长的头发被风吹得好高好高。她的双臂敞开着，像是在拥抱着什么。

女孩的不远处，是一大片开得正艳的映山红。

萱 草 的 眼 泪

1

　　松井夏子是一个日本女人，六十岁，独自住在北海道的森林中，她有一个很漂亮的小木屋。

　　一个中国女人被邀约去她家吃早餐。这个中国女人叫依贝，是她邻居请来的临时农场志愿工，四十岁的单身女人。当依贝穿过森林，走进那间小木屋的时候，才发现还有一群从东京来的朋友也聚集在这儿。

　　松井夏子会做食点，对烘焙烹饪很擅长。她亲手为朋友们做了许多西点，有意大利面、咖喱饭、西式的小饼干和沙拉。她很开朗，很会笑，笑起来像火鸡一样，发出"咯咯咯"的清脆声音。

　　依贝不懂日文，便用英文与她交流。问她，这些东京的朋友是怎么认识的，她说，我们的孩子以前读同一个学校。

　　在依贝要回国的前一天，夏子单独请她到小木屋品尝了自己做的起司蛋糕，配上咖啡、奶茶，盛食物的杯子有美丽的纹样。

　　到那儿没多久，她就问依贝，"你知道我为什么一个人住在这里吗？"

　　依贝摇摇头。

　　这真是一件很奇怪的事情，一个来自东京的女人独自住在森林里的小木屋。

　　她接着说，我的女儿死了。因为怀念女儿，所以才住在这边。

　　她对依贝缓缓地说出了心中的故事……

2

　　十五年前，夏子的女儿考上了北海道大学，她是一个很有才华的女孩，喜欢摄影，用相机为她居住的地方拍下了许多照片。有一次她告诉夏子，"妈妈，我很爱北海道，以后等我毕业了我想长久居住在这儿。"

后来女儿在一次意外中丧生，她悲痛欲绝，终日以泪度日。

女儿去世后的第十年，她的先生送给她一个礼物，这个礼物就是北海道的一块地，也就是这片森林。先生请人在森林里盖了一个小木屋，因为他知道太太的心思都在北海道，这里是女儿最爱的地方，也是最心爱的女儿生命陨落的地方。这里成了他的太太永远的牵挂。

房子盖好后，松井夏子就过来住了。她的先生还是比较喜欢都市生活，便留在了东京，只是偶尔过来看望。她常年独自住在北海道。

因为北海道的地形平坦，所以她的房子就建在了一片森林当中，房子只是森林中的一小部分。平日里，她除了打扫房子外，还会打理整个森林。她聘用当地的一些人，在森林里种上大片的白桦树，这是北海道最美的一种树，也是她的女儿最爱的一种树。白桦树现在还是幼苗，会长杂草，所以她有时候要背着锄草机锄草。虽然辛苦，但她是快乐的。

她不种菜，种得比较多的是树、玫瑰花、薰衣草、萱草花。她听人说，萱草花代表母亲对孩子的爱与守护，她愿意用余生来守护已去的人，她不愿让孩子感到孤单。

平常她自己做三餐，自己做自己吃。常常会有东京的朋友来看她，带来蔬菜、药、食材等生活所需，这些朋友都是女儿同学的母亲。她们来了，夏子就会很高兴地招待，会带她们去附近泡澡，或者开着车带她们去整个北海道逛一圈。这些母亲知道她一个人常年住在这个地方是很寂寞的。更何况不是北海道的城市，而是在北海道的森林里面。她们都能感同身受，一个母亲对孩子的思念。

独自一人的时候，夏子依然会在睡梦中被孩子发生意外时求救的呼喊所惊醒。她醒来总是抱着膝盖，久久无法入睡，那种不安是一个母亲对孩子一生都割舍不下的牵挂。

3

松井夏子说完这些心事后轻轻地叹息了一声，自言自语道，"如果女儿现在还活着，应该三十九岁了。"她说这句话的时候，转过头看着墙上的一张照片，照片上有一个美丽的妙龄女子站在海边，笑得很灿烂。

看着看着她就哭了。

中国女人抿了一口手中温热的咖啡，她分明感到自己的手指在轻微地颤抖。

从打开的木窗向外看，是一片盛开的萱草花，在午后的暖阳中孤独绽放。远在天国的孩子，你可知，这寂静中盛放的萱草花，聚集着一个母亲一生的眼泪与思念。

至于为什么松井夏子会把这个故事告诉这个素不相识的中国女人，原因只有一个，她的女儿叫"依贝"。

又 下 雨 了 ， 你 还 好 吗 ？

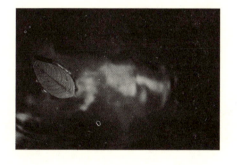

1

我叫晓九。我喜欢雨天。

下雨的时候，我想象着雨水将我包裹着，紧紧地，如同花瓣包裹着晶莹的露水，是一种带着私密的遐想。无数个睡梦中，我曾踮着脚尖在雨珠上旋转，舞姿曼妙。

这个六月，是我们的毕业季。在这样一个下着细雨的午后，千愁万绪在内心缠绕，蔓延。

微风裹挟着清愁，吹乱了我的长发。

2

与他初相识，是在一个雨天。

我手执一把粉红色的雨伞，他手中的那把伞，是蓝色，海水一般的蓝。

认识他以前，我不相信一见钟情，可是遇见他的那一刻，我知道什么叫做相见恨晚。

那个清晨，他撑着那把蓝色的伞在学校的小树林里朗读着徐志摩的诗歌。是那首《沙扬娜拉一首——赠日本女郎》，"最是那一低头的温柔,恰似水莲花不胜凉风的娇羞,道一声珍重,道一声珍重,那一声珍重里有蜜甜的忧愁。"那一刻，我的内心有了惊动。

我在心里默默地说，我愿意成为你的女郎。

"你好，我叫晓九。我也喜欢徐志摩。"说这句话的时候，我的声音近乎颤抖，那样卑微，却又那样喜悦。

3_

从那天以后，他一直在我的心里，挥之不去。

我把他的眼睛映在月光里，将他的声音嵌在晨曦中，让他的名字刻在三生石上。

可是我这般自卑与渺小的女孩怎敢将爱诉之于他。

而我却又如此地迷恋他。

每一次在校园中与他的不期而遇都会让我欢喜一整天。每晚睡前，我在日记本中写下无数遍他的名字。

他穿了蓝色的T恤，他今天打篮球帅极了，他参加了一个诗歌朗诵比赛，他的头发剪短了。

他喜欢蓝色，从此以后，我只买蓝色的裙子。

他喜欢吃番茄炒蛋，从此以后，我在食堂点菜总会点一份番茄炒蛋。

他喜欢打篮球，从此以后，我会在每个傍晚去操场跑步，只为见到他的身影。

他喜欢诗歌，从此以后，我在深夜写下了一首首送给他的情诗，不为送给他，只为与他离得更近。

闺蜜素素说，"晓九，爱他就大声地告诉他吧。"

我卑怯地回答，"不，不，他不会接受我的。你看，我身材不好，长得不漂亮，成绩不好，没有一技之长，还胆小。他不会接受我的。"

素素斩钉截铁地说，"即使你什么也没有，但是你有一颗爱他的心，这已经比什么都珍贵了。"

4

对他的暗恋持续了整整一年的时间。

在我二十岁生日的那天，我决定鼓起勇气去做一件我想了很久很久却一直没有勇气去做的事情。

那就是向他表白。我愿上帝垂爱我，在属于我的日子里，给予我这份我最想要拥有的礼物。

那天刚好下雨。我撑着伞在恍惚中等待着梦中人。在下课的人潮中，我寻到了他。远远地唤着他的名字。

他走近我，依旧穿着蓝色的T恤。我的心急切地跳动着，仿佛已经不是我的了。

我们走到僻静处。

我说，"我喜欢你，我，可不可以成为你的女朋友？"说这句话的时候，我羞怯地看着他的眼睛，如此卑微，近乎乞求。

我多么希望他能告诉我，是的，我也喜欢你，一直都喜欢。

可是，他却说，"晓九，我已经有女朋友了，她是上海交大的高材生。我们打算毕业之后就结婚。"

"晓九，我们还是做朋友吧。"说完这句话，他走了。

晓九，我们还是做朋友吧。

做朋友。

我的心凉到了谷底。那一刻，我知道了什么是真正的心痛。

我的眼泪悄无声息地落了下来，撑着那把粉红色的雨伞，我哭成了泪人。

泪水大滴大滴地落下，与雨水混在一起，延伸出一条永远也没有尽头的悲伤的河流。

那泪水，属于青春里最痛最真的记忆。

整整一个月，我见到穿蓝色衣服的背影依然会心疼，会泪湿了眼睛。

5

我问素素，"为什么我的恋爱还没有开始，就已经失恋了？"

素素执起我的手说，"傻丫头，爱情有时候只是属于自己一个人的事情，与对方无关。爱过便无悔青春。"

"别怕，还有我在。"

素素是我最好的朋友。

每一个夜晚，我们都会在睡前互道晚安。她说，"晓九，如果有一天我们忘记给对方道晚安了，那也就证明我们忘记了对方。"

我怨她，"怎么会呢？怎么会呢？"

我们在不同的班级，学的是不同的专业，寝室也不在一起，但是我们每周都会给对方手写书信，有时候会很长很长，有时候短得只有几个字。但每次她都会在信封上很认真地写下：幸福岛晓九收

她的头发很长，长及膝盖。我很羡慕她的长发，恨不得让她剪下来一半接在我的短发上。我还羡慕她大大的酒窝，笑起来的时候格外迷人。上帝给了她许多优厚的条件，却唯独没有给予她一个幸福的家庭。

她的父亲在与她叔叔的一次口角冲突中，被她叔叔一斧头砍在了背上，还没被送进医院，就永远地走了。

我永远记得素素说的那些话，"我从未想到，亲情竟是如此冷漠无情。爷爷一直都疼小叔，所以当有人来调查这件事的时候，他说的

全是我父亲的不是，一直护着自己的小儿子。爸爸以前对他们很好，很孝敬爷爷，对叔叔也好。每次家里有什么好吃的，都会留给他一份。我真不懂，他们是如此狠心。"

说到母亲时，她掉下了眼泪，"她的耳朵不好，总是耳鸣。我刚到大学那会二，她总是买一种医治耳鸣的药，很贵，三百元一盒。父亲去世后，她就不再用了，为了省钱。父亲走后，母亲经常流眼泪。上次她告诉我，每次剩下她一人在房间，她就会一直流泪。"

这世间的痛，无处安放。唯有放在内心的最深处。其中的苦涩，只有自己知道。

我心疼素素，因为她是我最爱的朋友。我愿把我所拥有的那些简单的小幸福都给予她一半。

6_

每一个下雨天，我都会与素素做一件事情，那就是等到下课，在教学楼的楼顶上看同学们撑着雨伞走出校园。

每一把雨伞下面都隐匿着一个人的身心，我们无法去揣测任何人，也无需揣测。

我们似乎只是在欣赏一处独特的景。

人潮涌动，无数人朝着同一个方向移动，依附一把属于自己的小小雨伞。或几个好友相携而行，或情侣相伴，或独自一人。把相机调到黑白模式，那些雨伞就像乌龟重重的壳一般，有着难以言说的沉重感与压迫感。

我对素素说，你看，生命有太多的负荷。让人无法摆脱，无法释怀。

她微笑，晓九，这些雨伞就如同他们的保护膜。即使生活中难免遭受苦难、压抑、疼痛，但是坚强、乐观、勤奋会像这一把把五颜六色的雨伞一般，为他们遮挡忧愁。只要内心明朗，他们会拥有美好的未来。

7_

毕业前夕，我与素素去电影院看赵薇导演的《致青春》。

看到郑微勇敢地去爱时，我想到了曾经那个为爱痴狂的自己。爱，也只有在青春年少的时候，才会那样真那样深，不求回报地去爱一个人。全心全意地付出，甘愿深陷沉沦。

电影里的主人公说，恋爱里的女人智商为零。那一刻，素素对着我笑，乐呵呵地说，"晓九，这说的不是你吗？"

是的，是我。

可是，素素，那些为爱流过的眼泪这一刻回忆起来，竟是甜的。

素素，我无悔青春，因为我曾经爱过。

电影结束后，我们坐在返校的公交车上，我问她，如果青春可以重来，你想要改变什么呢？

她意味深长地回答我，如果青春可以重来，那还叫青春吗？

8_

离开学校的那一天，天空下起了大雨。

我和素素去学校外面的小餐馆吃最后一顿饭，说好了不哭的，可是举起杯子的时候，还是忍不住掉下了眼泪。

我趴在餐桌上小声地啜泣。

素素没有说话，她的眼眶早已湿润，但是她比我坚强。

很多很多感情或者私物，我们总是习以为常地拥有着它们，却不知，有一天它们终会离去。

走了很长很长一段路，停下来，发现自己依旧是一个人。

一个人的时候，是用来怀念那些曾经不是一个人的时光的。

那些时光，早已不再来。

青春，永远深植内心。

又下雨了，你还好吗？

他 忘 了 回 忆 ， 她 忘 了 忘 记

1

她叫叶雨锦。十七岁。生活在一个宁静的小镇。刚刚走进雨季的她，脸蛋圆滑而红润，像一颗熟透了的樱桃。眼睛大而明亮，透着年少的鲜活气息，只是长长的头发却如稻草一样干燥凌乱。

叶雨锦坐在去往A城的火车上，心情无比激动。身边紧挨着随身的行李以及画画用的工具。她是一个爱画画的孩子，她计划用十天的节假日去城里拜师学画。

她不怕自己在一个陌生的城市里会感到孤单，她也不怕一天八个小时学画的艰辛，她只怕自己会耐不住寂寞。

她的心中始终有一道伤口，无法愈合。总会在某个不经意间就感觉到一阵撕心裂肺的疼痛。

2

叶雨锦很喜欢烟花。她在日记本的扉页用蓝墨水写下一句话，一位她挚爱的作者所说过的一句话，"烟花不会让人懂得，它化作的尘埃是怎样的温暖。它宁可留下一地破碎。如果你哀伤，你可以为它悼念，却无法改变它的坚持。"

叶雨锦对A城充满了仰慕。因为她听说除夕的凌晨，盛大的烟花会在A城的夜空一齐绽放。短暂的是对美的驻足，永久的却是对回忆的念想。

有一次她做梦，梦到在一个除夕夜，她站在A城的一座高楼楼顶上，五彩斑斓的霓虹，车水马龙的街道，都让她着迷。她大声地呼喊着，"肖灿，你要幸福！"正在这时，广场的时钟敲响了，"嘭嘭嘭"，美丽的烟花也在那一刻争相绽放，美轮美奂。整个城市似乎都被烟花照亮了，染红了。叶雨锦呆呆地看着，忘了欢呼，忘了跳跃。她看得入了迷。

突然，一阵急促的铃声响起。叶雨锦猛地醒了过来。她睁开眼，才发现原来是自己做了一场梦，一场如痴如醉的美梦。她睁着眼静静地回味着，她记起在梦里叫了"肖灿"这个名字，那是她曾喜欢的男孩，那个写《默数，让忧伤止步》的男孩，那个她得不到的男孩。她突然意识到，原来她早已放下记忆中的他。过往就像烟花，绽放，凋落。重要的是绽放的过程，那么美。

因此，叶雨锦对A城更是充满了向往，她期待着美梦成真，期待着真正对的人能同她一起看美轮美奂的烟花。

3

刚刚抵达A城，叶雨锦便去烫了卷发。她一直都在期待着有一天能够改变一成不变的马尾辫，就像她一直渴望换一种新鲜的生活方式一样。

她在美发店认识了那个给她烫发的大男生。他叫阿明。

阿明第一次看见叶雨锦时，送给她一个温暖的微笑，只是一个不经意间的微笑，叶雨锦在那一刻就感到安心了，然后就无法自拔地陷了下去。

他让叶雨锦又一次感受到了大城市男孩的气息。第一次是肖灿，这一次是阿明。阿明的头发烫得很好看，前面的头发很长，遮住了眼睛。他有一张很英俊的脸，棱角分明，像朴树。对了，他一直在耳边哼着歌儿，他说，他是一个喜欢唱歌的男孩。

阿明的声音很温柔，用一种对待孩子的方式与她说话。在给头发加热的时候，他跑了很远的路去给她买了一根牛奶味的棒棒糖。他小心翼翼地用那双大手把包装纸撕开，然后喂给她吃。

他把叶雨锦随身携带的两本美术书紧紧贴在怀里，然后微笑着拨弄她的发梢。那一刻，叶雨锦似乎感觉到心中最柔软的那一处被轻轻触动了。她觉得内心涌过了一种淡淡的幸福，她把头轻轻地低了下去。

阿明给她做头发的每一分每一秒都让她感到安心。叶雨锦相信他，从他送给她第一个微笑那刻起。

她知道，生命中有许多人都只是过客，短暂，然而又那么美好。CD机里放着《求佛》，"我们还能不能再见面，我在佛前苦苦求了几千年。"她突然就转过头问他，"我们还能再见面吗？"

他点点头说，"能呀。"

然后他们都笑了。

这世间，总会遇到一些让你一见倾心的人。仿佛去往这个遥远而陌生的城市，只是与之相遇。似是一种冥冥中注定的缘分，无法阻隔。

4

在A城的每一天都要长时间地待在画室里。画室是一间很小的房子，堆满了颜料、铅笔、工具。美术老师是一位年过古稀的老人，让人觉得和蔼可亲。

叶雨锦开始很努力地画画，心中的梦想是她支撑下去的信念。

晚上她睡在舅舅家。她很怕冷，睡觉的时候，用被子捂住头，穿着厚厚的毛衣蜷缩着身子。她甚至不敢将双脚伸直，因为她惧怕自己触及到的只是冰冷。

这是叶雨锦从小到大的睡姿，她一直都渴望着一切与温暖有关的事物。哪怕一个温柔的眼神，也能让她的内心燃起一束小却明亮的火苗来。

她开始想念阿明，那个拥有一双大手、声音温柔的男子。

心，又耐不住寂寞了。

5

吃过晚饭，叶雨锦早早地出了家门，走了很长一段路，买了两个棉花糖，然后紧紧地拿在手里。她不明白自己为什么这么傻气，买了小小的棉花糖给别人，可她一直都是一个懂得感恩的孩子。

她曾经说过，谁疼爱雨锦，雨锦将用尽所有去疼爱他。

快到美发店的时候，叶雨锦把棉花糖掩在了背后。就在这时，她突然看到一个坐在地上的乞丐，他衣衫褴褛，很脏。眼睛直勾勾地盯着她手中的棉花糖。雨锦想他或许饿了吧，于是便毫不犹豫地跑过去，把自己的那份给了乞丐。

透过大大的玻璃窗，叶雨锦看见了阿明，他正在给顾客烫头发。她犹豫着不敢走进去。

阿明侧过脸的时候，看见了叶雨锦。他对她微笑，然后招手示意她进去。她就像个傻瓜一样推门跑到他身边，把棉花糖从背后取出来递给他。

那一刻，她的脸上写满了天真、喜悦，还有对幸福生活的憧憬。他很忙，他的双手无法接过这个小小的棉花糖。她很知趣地坐在了旁边的沙发上。

叶雨锦一直把棉花糖紧紧地握在手心，她希望他能接过它，并且一口一口幸福地把它吃掉。

棉花糖哭了，叶雨锦也流泪了。她的心就那样不由自主地开始疼痛起来，眼泪终于大滴大滴地落了下来。

她在心里问自己，难道我错了吗？我只不过，想找一个可以陪我一起吃完棉花糖的人。

叶雨锦悄悄地从阿明身边离开了，她一边走着一边流眼泪。她找不到一个可以让她哭泣的地方。她就那样一口一口地把棉花糖吃光了。

6

缘分真是一种很微妙的东西，它会让两个形同陌路的人在某一个特定的时间里成为一种幸福与依赖。

叶雨锦开始相信，只要心中始终念想着，付出着，自己就会在不经意间拥有。

他们并肩坐在了一起，在月光下的石阶上。这是她不敢奢望的，可她却又那么真实地拥有着。叶雨锦喜欢看着他说话时的样子，也喜欢听他唱歌，即使只有短短的几句。原来，喜欢一个人可以那么简单，只要跟他在一起，就觉得快乐，那快乐是如此单纯，不含任何杂质。

这一晚，他们看着天上的星星聊了许多。闪着光亮的星星就像一地破碎的水晶。美好，却又隐藏着残缺的疼痛。

阿明带她去打彩色气球。当他用枪弹打爆所有气球的时候，她觉得他帅极了。相反，雨锦却总是笨手笨脚，阿明就手把手地教她。她觉得自己又像在做梦了。

叶雨锦的心中有一种对幸福的幻象，只要那个人可以带来爱，带来温暖，她便会不遗余力地去追寻，即使一切美好的幻象都是稍纵即逝。

7_

这是叶雨锦遇见他的第七天。

阿明说他就要回B城了，叶雨锦十天学画的时间也快结束了，她就要回到那个宁静的小镇了。即使只有短短的几天，能够拥有一个人的陪伴，她也很知足很开心了。画画再苦再累，她也有了一丝生活的希望。

叶雨锦告诉自己，也许是真的喜欢他了，好好地珍惜这短暂的快乐吧！

今天，阿明跟她说要送她去上晚自习，她高兴极了。吃过晚饭，她早早地来到了美发店。阿明正在忙碌着，她便坐在店里的沙发上等他。他对每个顾客都那么好，言谈优雅，举止得体。叶雨锦喜欢这样的男孩，会给人以依靠。

无聊时，叶雨锦就一个人待在一边画画，阿明很忙，很辛苦，她不知道自己为何就心疼了。

他们都是这个城市里一粒随波逐流的沙子，心中有方向，却始终受到束缚。各自为着目标而忙碌着。

在小屋里，叶雨锦很用心地去剥一个橘子，那是阿明送给她的。她想剥好了皮再送给他吃。即使她的双手笨拙，可她却在真心付出，真心去心疼一个人。她第一次剥好了一个完整的橘子。

当阿明拿过装在食品袋里已经剥好的橘子时，很幸福地笑了一下，嘴角轻轻上扬。那一刻，叶雨锦的心里是幸福的。

大概七点左右，阿明终于忙完了。他给店长打了声招呼，然后笑呵呵地跟雨锦说，"丫头，走吧，学画去。"

他们并肩走着，说说笑笑，很是开心。雨锦在心里想，要是一辈子这样，多好。

到了画室，阿明让她好好画画，表示自己会在外面等她下课。叶雨锦心里泛起涟漪，开心地走了进去。整个晚上她都在努力地画画。放学的时候，她显得特开心，脸颊上洋溢着幸福的红晕。想着有一个人在等着自己，她就乐呵呵地跑起来了。

回去的路很黑，叶雨锦有些害怕。当他用手紧紧地搂住叶雨锦的肩膀时，黑暗模糊了她的眼睛。他的发梢轻轻地垂在他的脸颊。她闻到了来自灵魂深处的气息，一点点萦绕，然后试图与之接近。

心与心的融合让爱以另一种更为真诚的方式触及到彼岸的幸福花开。她不是迷了路，她只是被黑暗淹没了太久。她需要有一大片属于自己的阳光，很温暖的阳光，让她在灼灼光影里寻找到一种感情，一种像棉被一样厚实的感情，可以触摸到温暖以及闻到幸福的味道。

可是，当叶雨锦突然睁开眼睛的时候，却觉得自己像一个做错事的孩子。但她又马上记起了挚友曾经对她说过的话，要努力地去追求自己想要的东西，不要惧怕结果。

8_

灰姑娘最后能与王子相伴到老，成为世界上最幸福的公主，是因为她有一颗真诚且善良的心。

现实中也会诞生童话里的诸多奇迹，可是童话，终归只是一种对于幸福生活的幻象。而她依然心甘情愿去飞蛾扑火。

在叶雨锦的眼里，阿明是一个外表开朗，内心疲惫的男子。他需要有人在身边去疼他，去爱他，给予他一个可以拥有快乐的栖息之地。当一个人的内心找到依靠的时候，他才不会寂寞。

明天，阿明就将离去。无处诉离伤，无处话凄凉，雨锦只是想在他还在身边的时候，紧紧地握住他的大手。那样，幸福就可以长一点，再长一点。

深夜，他们傍着河岸的杨柳相伴行走在石阶上。她不由得想起了那首词，"杨柳岸晓风残月，此去经年，应是良辰好景虚设，便纵有千种风情，更与何人说？"

他叫她把左手放在他的肩膀上，然后执着她的右手。他说，"来，雨锦。我教你跳舞！"

"一二三四，二二三四，三二三四，再来一次。"她的脚步随着他的节拍开始轻盈，然后他带着她在星空下旋转，旋转。她似乎感觉到他带着她飞了，飞向了一个充满爱与美好的世界。

这一刻，城市的上空有烟花绽放。璀璨的光亮在那一瞬间腾空而起，照亮了他们的眼睛。

叶雨锦觉得，自己似乎走进了一场梦，梦中的自己变成了童话中的公主，身边永远都有一个疼爱她的王子。然而，梦快醒了，谁都无法为彼此驻足。从此一个向左，一个向右，回到最初的生活，剩下的，就只是一段短暂却美好的回忆。

阿明在叶雨锦耳边轻轻地唱起了五月的《缘分》。

"茫茫人海走到一起算不算缘分？

何不把往事看淡在红尘。只因相遇的那个眼神，

彼此敞开那扇心门。

只有相爱相知相依相偎的两个人，

才能相伴走过风雨旅程。"

9

阿明提着行李箱走在前面，叶雨锦低着头一步一步紧随着。

阿明即将离开。那个在她耳边唤她丫头的人，那个在月光下拥她入怀的人，那个给她喂橘子的人，那个教她在天地间旋转的人，那个带给她幸福的人，即将从她的世界里消失了。

叶雨锦送给他一本黑色的笔记本，扉页中用黑色钢笔写下了那首《红豆》。

红豆生南国，
春来发几枝。
愿君多采撷，
此物最相思。

阿明用手指轻轻地抚过雨锦的脸颊，他的眼神温暖如初。他说，"丫头，我真的好喜欢你。可是你还是个孩子，在你还未长大的时候，我们是无法在一起的。丫头，你懂么？"

叶雨锦轻轻地点了点头。可是她想告诉他。等她长大的那天，她会找到他，做他的新娘，与他一起生活，为他洗衣煮饭，与他一起在小花园里种上大片的茉莉……然后相伴到老。

可不可以等我长大？

这些话，叶雨锦终究没有说出口，她没有将他送到火车站就与他告别了。她的心很疼，双眼酸涩，她怕她一不小心就会流下泪来。即使是在最后一刻，她也要让他看见她快乐的样子。她就那样背向他穿过了茫茫人海，那一刻，她的眼睛开始湿润了。可她一直没有回头，即使眷恋与回忆像海潮一样淹没了她。

她在心里默念着，再见了，我的爱。但愿你能过得幸福。

阿明在身边的时候，总会在雨锦耳边唱着，"昨天是我的恋人，今天是我的爱人，明天是离开我的人。想你想得比天还长，是谁伤害了谁？是你。是我。"

是谁伤害了谁？是你，还是我？

如果有缘分，我们还会在一起的，对么？

叶雨锦轻轻地擦干了脸颊的泪水。

10

失去他的城市，叶雨锦是孤单的，她又开始拼命地画画。

她企图用忙碌的生活来抵御心中的念想，可是思念依然如影随形。走过这个城市的每一处都会有他们曾经的回忆掠过心头。

思念始终都是内心所潜藏的一种疼痛。无法倾诉，也无法得到安慰。她的心里又添了一道伤口，那里有他的影子。

想起那个人，他就像是在黑夜里盛开的烟花，在无垠的孤寂里绽放着璀璨而夺目的光亮。只是这世间所有美好的事物都是稍纵即逝的，我们所能拥有的，也不过是彼此交会的灿烂瞬间。

两天后，叶雨锦也离开了A城。回到了那个熟悉的小镇，她依旧是那个坐在教室里盯着黑板的好学生，依然是一个为了梦想而不懈奋斗的乖孩子。一个人的离去，并不会使她的生活停顿下来。只是在梦里，始终有一个温柔的声音在召唤她。

　　总有一天，你会长大的。

　　用一种虔诚的姿态，去拥抱属于自己的幸福。

忘 不 掉 的 女 孩

1

故事发生在宝岛台湾。

那是十年前的事了，他曾深爱过一个女孩。

那年，他二十岁，在一家商场上班，认识了来商店打暑假工的她，清秀单纯，相貌可人。

后来，他们相爱了。

一年之后，他去当兵。走的那天，女孩泪流满面，望向他的眼神全是不舍。

有一次，女孩去部队看他，见他的脚已肿得无法走路，她心疼得一直掉眼泪。女孩说，要不然你逃走吧，我不想看到你这样受苦。他看着她，心中感动，但毅然决然地选择了留下，他不能当逃兵，骨子里的坚毅与不屈支撑着他。

女孩回去以后便四处托关系让部队里的人善待他，她央求所有可以央求的人，只为他能好过一些。她用她尚且稚嫩的羽翼保护着她心爱的人，拼尽全力。

最让他刻骨铭心的一件事是有一次女孩来找他，送给他一个盒子，盒子里装着她长久积攒下来的零钱。她说，以后你就用这些硬币给我打电话吧。她知道他在部队里没有钱，所以用这种方式来表达心中的牵挂。

他还记得有一次他从部队出来见她，他们相约在石牌。吃完饭准备回去的时候，他的口袋里只剩下一百元，他知道女孩身上的钱也所剩不多。女孩问他，钱还够吗？他使劲点头。

他把她送上公交车后才转过方向搭车回部队，让他始料不及的是，他走上车后摸口袋竟发现多出了几百元，他这才知道是走在路上时女孩偷偷塞进他口袋的。他是个坚毅的男人，很少哭，但是那一刻他的眼泪一直往下掉，无法抑制。

2_

又过了一年，女孩跟他提出想去新加坡读书的想法，他考虑到自己在部队无法照顾她，她去国外求学也是好事，他便同意了。

女孩去新加坡后，他们觉得打电话太贵，便用书信来往。那时候，每个星期最迫切的事就是等待她的信。他总是迫不及待地打电话到家里，询问父亲是否有他的信件。那种思念与牵挂，他永远都不会忘记。

女孩假期从新加坡回到台湾的那一天，他打电话到她家里，是她母亲接的。她的母亲用一种压迫式的口吻告诫他不要再来找她的女儿，并威胁他若是再不放过她的女儿，她将会去法院控诉。他心里明白，女孩的父母都是医生，家庭富裕，她的两个姐姐都嫁给了有钱人。她的母亲瞧不起他是台湾南部人，害怕女儿嫁给他这样一个一无所有的男人，会自毁幸福。

他的心里生出一种莫大的卑微感，他在电话这头一直对她母亲说着三个字——"对不起，对不起"，他不知道除了说这三个字之外还能说什么。

第二天他依然想着要见到她，他害怕她几天之后回到新加坡，又会是漫无止境的等待。可是部队哪是想出去就能出去的。他去找连长请假，连长斩钉截铁地拒绝了他，没有一丝通融缓和的余地。他不弃，再求。连长恼羞成怒把桌子上的文件夹狠狠扔出门外，他走过去弯下腰捡起来放回连长的桌上，继续求。连长又一次将文件夹扔出，他再捡，再求。如此反复，他依然无比坚定地说，"连长，我今天必须出去，你若不签，我宁可当逃兵。"他冒着犯法的后果下赌注。

或许连长是怕他生事，终于同意。他冲出部队大门，搭上开往台北的列车。心里充满了热切的盼望。

在她家附近的电话亭，他打去电话，是她的姐姐接的，态度冷淡。姐姐把电话给了她，她接过电话对他说的不是热切期望见到他的情话，而只是说，"你怎么来了，你不该来，快回去吧，母亲不让我出来见你，我是出不去的。"他心中的炽热爱意仿佛被人浇了一泼冷水，让他冷到了骨子里。他求了再求，她依然不愿出来。

他当时是恨她的，恨她的不勇敢。他想若是她珍爱他，跪着求她的父母，她会出来见他。可是她没有，没有。

搭上回程的车，他难过、失望、愤恨，血液似乎都在奔腾，那种歇斯底里的痛是别人一碰他，他便会将其毙命的不管与不顾。

3

那之后，女孩再也没有与他通过书信，他也不再主动联系她。他不再相信爱情，觉得再美好的海誓山盟在残酷的物质世界中也会枯萎凋零。她的母亲瞧不起他，她对这份爱情也显出心中的不坚定，他还有什么可盼望。

在他快要退伍的时候，她从新加坡打来电话，她说出心中一直以来的想念，可他却用理性压制了心中的深爱。他骗她，他已快结婚了。

他听见电话那头的女孩痛哭失声，那是他曾经深爱过现在也依旧深爱的女孩呀。可他不相信这份爱了，他想起她母亲在电话那头威胁他时内心的颤抖。一份无望的爱情，他不想再挽留，那样只会伤得越来越深。

一段日子以后，女孩回到了台北，他们见了面，说的都是无关痛痒的话，他一直在刻意去掩饰着什么。他分明感受到女孩眼里溢满的泪水，那样忧伤。

可是，一切都回不去了。

一个星期之后，女孩割腕自杀了，他疯了一般跑去医院想见她最后一面。可她的父亲坚决不允许他进去，并将他狠狠痛打了一顿。

他连女孩最后一面也没见到。她的好，她的痴，她的傻就像烙印一般刻在了他的生命里，一辈子都无法忘记，无法释怀。

4

这是他三十年生命中最爱的人，在他最贫困最卑微最孤单的时候，是她用尽所有力气给了他一份爱情，是女孩让他知道，真正爱一个人会有多痛。

后来他炒股挣了钱，又投资做了生意，逐渐从一个穷困潦倒的年轻人变成一个拥有财富的成功人士。可他再也找不到比她更让他心动的人。那些女人因着他有钱，便讨好他，亲近他，得了甜头之后便转身离去。也拥有过认真相待的恋人，却最终遭到对方的背叛。他厌恶女人说分手时，说变就变的脸。他感到爱情的真真假假如浮云一般，永不可依托。

十年前所遇到的那个女孩，是他心里永远的怀念，一生不忘。

每个男人的心里都有一个一生都忘不掉的女孩，也许是他的初恋，也许是对他最义无反顾的那个人，也许是他心中永远的遗憾。不管如今这个女孩离他有多么遥远，他都会在心里为她留下一个温馨的小屋。这个小屋里，有着他们最美好的回忆。

这会是一个男人心里最柔软的存在。

沅水有佳人

1_

浦市古镇的老街开了第一家生活美学馆，因其馆位于沅江之畔，所以起名为"沅水之南"。馆内装修极为雅致，有茶室供品茗，有棉麻的衣裳与湘西民间工艺品可供购买，袅袅的檀香沾染着茶香萦绕在室内。白色的棉麻帘子轻盈成诗，精美的茶器、朴素的陶罐、幽静的干花、夹着花瓣的书籍……被用心地放在每一个特定的位置，哪怕是对一枝花的款待也极为细致妥帖，融合了一种"和敬清寂"的茶道。

"沅水之南"品茶的那份精致，让古镇的人们都觉得是一件稀奇事，因为这与古镇惯有的喝茶方式截然不同。这个古镇有许多家老茶馆，在里面喝茶的都是一些老人，两元钱可以喝一天。老人们在茶馆里喝着便宜的粗茶，大声地聊着天，茶馆里的老桌子老椅子都是旧的，粗糙的。

起初，古镇的人们从"沅水之南"经过的时候，都禁不住会走进去看一看，他们会在心里嘀咕，这泡茶怎会如仪式一般庄严？这宽大的棉麻袍子可不像穿着床单一样怪异？可是没过多久，古镇中的一些年轻人也开始去尝试并接受"沅水之南"的品茗方式，也有越来越多的年轻女人穿着棉麻的衣裳笃定地走在古镇的青石板路上。还有古镇里那些带着文艺气息的人也都出现在了这儿，饮着茶与友人畅谈，这儿渐渐地便成了古镇里文化人的聚集地。

2_

这"沅水之南"的主人是古镇小学里的一名美术老师，与她相识的人都唤她周老师。她已近不惑之年，可是从她的脸上根本看不到岁月的痕迹，好像时光把她遗忘了似的，还是一副姑娘家的模样，让人好生羡慕。

周老师总是穿着棉麻的宽大长袍，迈着步子行走在古街的青石板路上，长袍的底端会生风。一张清素的脸，鼻梁高且挺，深邃的眼睛上架着一副眼镜，目光如清绸，嘴唇也是薄薄的，唇边总是衔着温和笑意。她有一头天生的自然卷发，已齐腰，蓬松如松涛一般。她有时候会披着一头卷曲的长发，随风吹拂飞扬；有时候会很随意地把一头披散的长发盘成一个髻，弥漫着优雅的清香；有时候还会在耳朵后面高高地束起两条大辫子，是那种只有小女孩才会有的辫子，带着一串串的笑声飘过小镇。

她觉得现在的人穿衣服都太雷同了，无法彰显出自己的性情，她喜欢棉麻的衣裳，因这种质地舒适、款式宽松感的衣服正暗合了她向往自由，不愿被束缚的心。穿着它们的时候还能闻见植物的清香。

美学馆里专门有一个空间是陈列棉麻的衣裳，有朋友来试穿，她总会精心为其挑选与搭配，只有适合这种衣服的人她才会推荐购买，因为她深知，不是每个女人都适合棉麻的衣服，如若适合，那是她们与这些衣服之间冥冥中注定的缘分。

她的特立独行不仅在她的穿着，还在于她的心性。有一次她与一群朋友去古镇的百亩荷塘看荷花，走在小路上，突然有一只白色的鹭鸶从荷塘里飞了出来，她情不自禁地流露出心中的欢喜，发出"哇哇哇"的惊叹声，并且像个孩子一样手舞足蹈。那一刻，身边的女人都以为她"疯"了，她心中的那份天真似乎变得那样不合时宜。

3

平日里她照常会去学校教孩子们画画，下了班就会回到"沅水之南"。她对每一位走进这个地方的人都心怀一份感恩。美学馆并不大，可处处都别有意趣，这儿的每一个物件，每一处装饰都是她精心选择与搭配出来的，凸显出她独特的审美观。

有朋友来看她，她会泡上一壶好茶，点上香，整个事茶的过程都很用心，让观者也能从中感受到茶道的精妙所在。那些平日里在古镇称霸的"老大"也喜欢来这儿喝茶，来到这儿，整个人都像脱胎换骨一样，在外粗声粗气，在这里却是轻言细语，若有人大声说话，"老大"也会发话，"小声点，这儿可不是一般的地方。"

有一次，一个社会上的"小混混"也来这儿喝茶，周老师不仅给这个年轻人讲茶道，还讲一些做人的道理。她说，坐在茶盏前首先要端正，那样才能接通天地的正气。从温壶、赏茶、温杯、纳茶到注汤、候汤、出汤，她的每一个动作都极为认真，整个过程如同一个庄严的仪式。她把倒好的茶双手递给他，杯身呈水平状，杯中茶汤清香馥郁。饮茶之后去渣，她将叶底给他观赏，叶质肥厚柔软，叶背隆起，叶脉明晰。周老师说，"这是向茶做最后的致敬。"

看着她事茶的每一个动作，听她缓缓淌出的话语，"小混混"十分入迷，连说，以前上学那会儿都没有这么认真过。第二天，这个年轻人又带来了一群他的哥们儿，让周老师再一次说茶讲道。她似乎是一块吸铁石，不管是静定的人，还是躁动不安的人，都会被她深深吸引。

有人问周老师，您说话总是那样有禅意有哲理，是否是信仰宗教。她说，"我没有信仰任何宗教，我修的是生活禅。"

殊不知，周老师对美的感知是从很小的时候就开始萌发的。

幼时，她住在乡下。不管是外貌，还是心性，她与身边的小孩截然不同。她的皮肤白如冬雪，天生的自然卷发，鼻梁高挺，同村的小伙伴叫她"外国人"，她总会气得直哭，觉得是对自己的一种轻蔑。她的性格孤僻，像一株安静的白梅，总是与喧闹隔得很远。

大自然于她来说有一种别样的亲近感，她总会一个人跑到山野之中去触摸柔软的花瓣，去拥抱茂盛的大树，蹲下身子去聆听潺潺的流水声，抬起头看天空的云彩。幼时的她已感应到了来自天地之间的一种能量，她瘦小的身子在自然之中也化为了一株山花，在清风中静定地向上生长着。

夏天的傍晚，父母会带着她去石桥上纳凉，各家都带着薄被子。深夜，石桥上的人都睡着了，还有人打着鼾，睡得特别香甜。唯独她还睁着眼睛望着天上的星星，她在心里一遍又一遍地幻想着，如果自己住在星星里，是不是会长出一对翅膀？那一刻，她睡在天地之中，用一颗尚且稚嫩的心去记刻属于童年最丰盈的时光。

几岁的年纪，她便被寄养在了县城的大姨家，她本来就生性孤僻，在一个陌生的家庭里，她更觉胆怯与孤单。很多时候，她会一个人躲在角落玩着一些属于农村小孩的游戏，捡石子、打弹珠、捏泥巴，她的双手总是脏兮兮的，后来她发现表姐的手干净而修长，羡慕极了，而表姐的那双手每天都在做同一件事情，那就是画画。从那一刻开始，她便对绘画生出了一种艳羡之心，觉得只要自己开始画画，也会拥有一双如表姐一样洁净美丽的手。她偷偷拿起画笔，把表姐所有的纸都画满了，虽然画得不像，可是她心里感受到了从未有过的快乐，从那以后，她在心里种下了一个绘画梦。

周老师似乎从小就有一颗敏感的心，对美的追索，对人世的体悟，让她始终对天地与自然怀着一份敬重之心。直到多年后，已近不惑之年的她依然喜欢扎着两条大辫子，骑着自行车在山野的小路上观赏一路风景，听到手机里播放一曲许茹芸的《云且留住》，她的眼泪会情不自禁地落满脸颊。

5

谁都猜不到，她开这家生活美学馆的想法是有一天清晨突然萌生的，当天下午她就到老街租下了这间老房子，短短一个月不到，她就把这个生活美学馆开起来了。在开这家美学馆之前，她一直爱喝茶，爱老古董，爱麻质的衣裳，爱阅读，爱一切美好的事物，这样一个关于美学的店铺，正是她对美的一种诠释与呈现。开这家店的决定并不是偶然的，而是长期积淀的一种必然。她深觉素衣、清茶、好书改变了她，让她获得了一种静定自在的生命状态，她不愿独享这份人世的乐事，所以开了这家美学馆，愿将这份能量传递给更多的人。

她是接近不惑之年的时候，才痴迷上茶道的，已经走过了小半生，经历了世间的烟火，才品尝出茶的真味。饮茶之时，是清扫心中的落叶，将生活中的那些琐碎与烦忧都抛之脑后。品茗是对自我生命的温柔关照，也是在学习生命的美学。

每到夜幕降临的时候，周老师会坐在茶席旁阅读书籍，这个时候她便渴盼着一段属于自己独有的私人时间，宁愿生意差一些，这样就没有人进来打扰她了。别人开店都希望生意兴隆，客流不断，可她却例外，希冀着在忙碌中还能留出一小段时间给自己阅读书籍。

开这家美学馆之前，她有时候也与一些朋友搓麻将，只是现在忙着馆里的事情，便很少再去了。在她看来，一个人不能永远清高地活在自己的世界里，要有出世的时候，也要有入世的时候。几个女人凑在一块打麻将，也会在这个过程中听到许多人情冷暖的生活细节。只是凡事都有度，掌握好这个度对自己才没有害处。整天独自饮茶，将俗世拒之在外也不行，其实有时候在菜市场逛逛，选一些新鲜的蔬菜，与老板讨价还价也是一件特别有乐趣的事情。

不忙的时候，她会独自去郊外散步，如同在孩提时代的自己，去亲近每一朵山花，每一棵大树，每一条溪流。她的眼睛依然明亮如初，仿佛装着整个纯净美好的世界。她静静地盘腿坐在树下，静观落日。那一刻，她是自我的，亦是淡然的。

回到"沅水之南"，她与人分享着服饰的美，分享着茶道的乐趣。那一刻，她成了一位美的使者。一直以来，她都是安静内敛的，不愿与人多言，但是自从开了这家小馆之后，她逐渐打开自己的心扉，愿意与更多的人去倾诉内心对万物的感知，并且也愿意将自己内在那份光亮传递给更多的人。

6

她曾有过一段不幸福的婚姻，离婚之后，她一个人将儿子慢慢养大。

在她三十七岁这年，她遇见了现在的丈夫，这个男人比她年长十一岁，不管是对她，还是对她的孩子都特别疼爱。她被他真挚的爱打动，与这个男人组建了新的家庭。她的内心其实一直住着一个女童，需要一个人去包容她、疼惜她，并支持她的梦想。那些轰轰烈烈的爱情已然远去，她最终选择了一个深爱自己的人相伴余生。

　　她实现了心中追求美的愿望，在古镇开了第一家生活美学馆，她去学校上课的时候，都是丈夫来照料着馆内的一切。有人曾问她的丈夫，"你喜欢这些棉麻的衣服吗？"他回答得很诚恳，"喜欢啊，因为她喜欢。"

　　与一个爱自己的人一起做热爱的事，多好。

　　周老师是一个特立独行的女人，在这个古朴的小镇中活成了一道别样的风景。她善良真挚，内心洁净饱满，对世间万物怀有一份热诚，待人接物心怀感恩。外表天真平和的她，内在却有一种强大的气场，在日常中发觉美的力量并传递给更多的人。

　　如果有一天你也来到了浦市古镇，不要忘了去"沅水之南"坐一坐，说不定她会为你倒上一盏茶，与你说起心中的欢喜呢。

隐 居 在 终 南 山 的 璧 人

1

　　清晨，终南山被掩在一片云雾中，氤氲山气如流苏，恍若与天相接，空气中四处漫溢着洋槐花的清香。

　　她揭开苎麻门帘，站在院中梳着头发，在鸟雀的鸣叫声中迅速地将黑发编成了长长的麻花辫。

　　认识她的人都唤她如是，她是一个已近不惑之年的女人，可是初见她的人都会觉得她还似一个女童，天真喜乐，眼里有一片清澈的湖泊。

　　她与丈夫梵山、小女儿兰一起隐居在终南山，他们的家坐落在翠华西岔半山腰上，是一个租来的院子。院子别致独特，是她与丈夫初来时一起改造的。门是她亲自砌的，牌匾是梵山捡回的木板，她找朋友题字涂鸦，写上"如是医庵"四个字。她精通中医，时常有病人从远方来此地看病。丈夫用废弃的瓦片在院子里铺了一条小路，她在小路两旁种了山丹丹、含羞草、海棠、红豆杉、百日红、石榴、玉簪、梅花。

　　平日饮食的蔬菜皆亲手劳作所得，菜畦种有豆角、茄子、西红柿、青菜……她喜欢在地里劳作。她说，种地的时候弯着腰，向土地俯首，是对泥土与大地的尊重，她对大自然始终怀着一份敬畏之心。她还计划着明年再种上向日葵，增加院子的光感。待花开的时候，每天都寻着太阳，那明晃晃的黄，带着无限的爱与希望。

　　家门前有高大的柿子树、核桃树、杏树，还有一些叫不出名来的野果树。当果子成熟时，她总是小心翼翼地摘下，如获至宝。野果并没有城市中包装完好的超市水果光鲜，但是更觉着有一种拙朴的可爱。院后是一大片茂盛竹林，睡在屋子里，也可听到风吹竹叶发出的簌簌的声响。

　　天晴之日，她会与梵山在竹林间择一处僻静之地，铺好草席，在上面摆上茶盏。她一遍遍地为丈夫续茶，有时两人可以长时间一句话都不说，只是安静地对坐，或闭目养神，或深情对视，寂静里唯有林中鸟雀在欢快地扑腾着翅膀。梵山高且清瘦，骨子里有一种硬朗的气魄，如同一棵庇护着她的大树。

山路边随处可见大片飞蓬花，小小的花骨朵有一种丰盈的美。夕阳落去之时，她会戴着草帽去山路中采摘大束的飞蓬花，她逆着光站在花丛间，手腕上的碧玉泛着光泽。面对自然中的花束，她的眼中满是欢喜，觉着人与自然万物本是相融一体的。她将采回的白色飞蓬花插在家中的老陶罐里。

这些老陶罐都是她从村里一些老人家中收购回来的，那些被别人称为"破缸""破罐子""破瓶子""烂搓板"的物件总会被她视若珍宝般地带回家，旁人眼中不起眼的物件，总会在她的拾掇中重新焕发生命的光泽。

捡了块椅子腿之类的木条，斑驳怀旧的色彩记录着原先主人的生活与过往，她涂了个鸦、戳了个洞就做成了个香插。有一次巡山，她在泥土里面刨出个青花碗，泥土洗尽，青花兰颜，龟裂开片，美到惊艳。她对梵山说，山中捡到碗，预示着"终南有饭吃"。在如是眼中，万物皆灵。那些老物件透着诗意和亘古的质感。

山中雨水多，很多时候，站在院中，身边云雾环绕，宛若仙境。一伸手，就能与云相融。雨水抚平终南的褶皱，肌理纹路间润泽惠珠，生机盎然。

家中的每个小屋都被她布置得满是禅意，陶罐中插着自己从山中采摘的干枝与野花，铺桌的蓝色印花粗布单从她出生一直伴随到成年，蚂蚱笼是初中时手工编的，陶瓷的小猴和小猫是几岁时母亲送的，那些搪瓷盘和酒杯也是曾经过节用的，还有母亲婚嫁时留下的首饰盒，以及从路上捡回来的瓶瓶罐罐。这些物件带着光阴的印记，让她每每见着仿佛回到了旧日时光。她喜欢莲，苎麻印花门帘上面用墨画着莲蓬与盛开的莲花，院子起名"莲畦"。《维摩经·佛国品》曰："不著世间如莲花，常善入于寂行。"此中自有一种冥冥之中既定的福果。

日常生活用的水是她与丈夫用水桶担回来的山间清泉，用山泉冲泡几片藿香或者薄荷，清冽可口。除了喝之外，他们还用这水洗漱，洗漱后的水用来洗衣服，洗完衣服再继续用来清洗物件，用得小心翼翼，万分珍惜。因长时间在山谷中静观涓涓山泉，她更加懂得每一滴水的来之不易。

她养了一只狗，取名"药童"。她在山野采药的时候，药童总会守护着她。采好的药材放在竹篮里，药童就会用锋利的牙齿咬住竹篮，一直跟随着她。她便会对它发出赞叹，好样的，药童丫头。

2

她喜欢穿香云纱的衣裳，一匹香云纱的老布料，她珍藏了许多年，更显出光阴的痕迹，她将这匹老布给裁缝，做了件披风，这披风宽大且长，又可当大摆裙。她穿着香云纱的长裙在院中旋转着，裙裾在青山的底子上飞扬着，如同飞舞在终南山里的一只蝴蝶。

夜深之时，山影幽兰，空谷清音。有时在院中铺张凉席，看繁星点点；有时搭个凉棚，听蝉鸣蛙叫；要是遇上下雨天，她便早早入睡，枕草香清眠，细听松花雨。心情好的时候，她会情不自禁地唱起秦腔，她唱《断桥》，清亮婉转的声音缭绕在院里，渐渐飘到山里，直至更远的地方。她的骨子里带着一种与生俱来的哀愁，仿佛前生就是站在断桥上的梦里人。而她的愁，只属于黑夜，只属于自己，从不愿让别人知道，包括她的梵山。

她从小喜欢文学，偏爱古朴的文字。风花雪月的故事，乡愁、情愁，乃至古人的抑郁都能引起她的共鸣，骨子里的智慧与特质似是与生俱来的。人每一世都在做不同的自己，可能哪一世她就是一个真正抑郁的人，只不过此世偶尔会在特定的环境中才显露出来。

对于女儿子兰，她愿意带领女儿在幼小之时就能感受真正的幸福，每时每刻，点点滴滴都是真实的存在，而不是走过场。让女儿在这样亲近大自然的生活中逐渐形成自己的价值观，懂得自己想要的和真正需要的是什么，不是要活得聪明，而是要活得明白洒脱。当女儿慢慢懂一点事情的时候，这份生活会给她留下美好的童年回忆，会指导她的一生。

父母是最好的老师，自己在过什么样的日子，孩子都知道。

山中有许多隐居的师父，女儿差不多已熟识，她已知道什么是供养，她知道敬重师父，有敬畏之心。带着子兰去供养师父的时候，子兰跑得很快，孩子们的思维就是一张白纸，你教给她的东西她都记得住。

许多人都有一个愿望：当自己老了，当自己有时间了会去做些什么。她觉得这是自欺欺人的一句话，说这话的人都在说谎话，骗自己，也骗别人。她在想，她与丈夫都还年轻，能实现自己的理想，他们可以把积蓄拿出来，送给对方一件最珍贵的礼物——走向田园，幽栖林下。如是与梵山给自己定下目标，他们要在盛年之时完成他们这一辈子的梦想。为什么不先去完成这个梦想呢？如果等到自己老了再完成，那真的就成了完成不了的梦了。

刚开始她是有私心的，她想让他帮着自己完成心中的愿望，过想要的生活，后来发现大自然谁都喜欢，丈夫喜欢，小孩喜欢，猫猫狗狗也喜欢。她一直相信，真正的勇气，会感染亲人。你知道你要什么的时候，其实你已经在感染对方这个过程中。

在这里，人会很舒畅，身体与心灵都能得到放松。没什么事的时候他们种种花、喝喝茶、看看书，与山中隐士谈天说地，在禅修者身上一点一点学习佛法，看清这个世界，看清自己将来的出路。

以前她有很严重的耳鸣，甚至有一段时间，几乎耳聋，她为此深感痛苦。来到终南山之后，她的耳鸣几乎消失。满山滴翠成天然屏障，心眼受到大自然的惠泽，渐渐变得清澈。几个耳鸣的朋友来山里之后有了同样的效果，不用医治，耳鸣自然消失，这就是大自然给人类的恩惠，这让她对大山的眷恋更深了。

很久很久以前，她就梦想着有一个自己的院子，把日子过成诗，把生活过成药引子。不需要车子、房子、珠宝，她只是想拥有一个世外桃源的院子。

而这个愿望，她已然实现。

3

朋友来山中看她，被她戴着的一对耳环所吸引。

"耳环的吊坠是一对铃铛么？"

"是的，这是用梵山送我的一对银铃做的耳环。上次他去镇上买水泥，地摊淘的，没有想到是老银老工，个头还大，是我最喜欢的物件。铃铛上有'对蝶'的图案。有人愿意花心思和时间送你礼物，是件很浪漫很幸福的事。印象中他送给我最珍贵的礼物就是你看到的这对银铃，他也曾给我送过贵重的礼物，金项链、金耳环、金镯子、翡翠，但是我不喜欢那些。银铃虽廉价，但是因为我喜欢，所以在我心里很珍贵。你知道吗，以前像这种物件他是不会买给我的，他觉得没有什么价值，也不好看。他懂你的时候才会给你淘，这种懂得才是让你最欢喜的。一个男人花心思了解一个女人是最珍贵的。"

"那你送给他最珍贵的礼物是什么呢？"

"我送给他最好的礼物是成为他的精神支柱。对，就是这样。我会更努力地做一些事情，让他少些负担，只愿他想到我的时候会舒一口气。我不执著，不富有，相互珍惜就可以。夫妻就是共同珍爱生活，相互扶持，不用说天荒地老，白头偕老，因为这些是自然而然就来的事情。"

朋友问梵山，"你觉得如是什么最吸引你？"

"她的心。因为我觉得两个人一见面从眼神中就流露出一种心里的默契，无需表达什么语言，只是一个眼神就能明白对方在想什么，想做什么，想怎样去生活。最初的时候两个人在一块儿只是为了生活，只是相互扶持，一点一点往前走。这种要求很简单，能够吸到一口新鲜的空气，喝到一口干净的水，但是在当下却很难做到，如今的社会太浮躁，所以我们放弃城市来到终南，过着简简单单的日子，治病、聊天、生活，一天又一天，惬意安然，日子就是这样延续的。

"曾经，我总是浮躁地问自己，你想要什么？想去干什么？时间都去哪儿了？住在这里后，需求简单了，欲望也少了，衣食住行够了就行。需要什么买什么，活得非常真实。这里生活很接地气，可以很直接地跟老百姓交流。水缸在一些人眼里是垃圾，但是我们会觉得它值钱。因为两代人传下来的水缸，它具有历史价值，见证了整个家庭的来路，价值在于它的历史，人一生最有价值的其实就是经历。"

因为有相同的人生观与价值观，他们一起来终南山筑梦。

如是跟梵山认识是在印名片的店里。她跟他爱情的开始，就是一瞬间，彼此相见，冥冥之中有深情。认识没几天，梵山就拿着户口本对如是说，这是我的户口本，如果你愿意的话，我们就可以结婚了。

他说，我不管你是什么样的人，我只相信我眼前看到的。

他不是最优秀的，也不是最富有的，但是他有勇气，愿意为她负责，哪怕相识是如此短暂。他的宽容与责任感注定了他们婚后的生活是互相理解的。

其实在他们结合之前，各自都有过一段失败的婚姻，正因为在爱里受过伤，所以更加懂得如何与对方相处，如何将余生最好的爱都给予对方。

今年女儿七岁，如是与梵山已相爱八年，刚过了七年之痒，在如是的心里更多的是像兄长一样。他比她大几岁，是一个非常大气又不缺乏细腻的男人，他支持她的事业，帮助实现她的梦想，在生活上给予她无微不至的爱。家中的电、水、灯和打孔，诸如此类生活中的细枝末节都是他来做。她想挂帘子，他就会来帮她一起完成。她想种花，他就找来花种子一起种……夫妻俩能够修到这种状态实在很难得。

如是出远门，去外面给人看病，夜不归宿，梵山从不会打电话，对她，他是信任的。她想买什么东西，买那些能用的不能用的，有价值的没有价值的，他从来都不会有怨言。倒是梵山有时候买东西，如是会责怪，所以很多时候如是反倒觉得自己的修为还不够。就像对于他喝茶的事情，梵山喜欢喝浓茶，每次他喝茶时，她都想说他，但是每次都欲言又止。这就是一种关爱，如果说他，他就会生了烦恼心了。

如是跟梵山说，"我这辈子要的成功，不是看你多有钱，开什么样的车，多有权势，有多大功名。我只是想跟你在一起，不吵架，相濡以沫，互相理解，互相包容，每时每刻都没有烦恼心。我觉得我们能做到这一点已经很珍贵了，即便我们一起出去要饭我也很开心。"

他们也会闹矛盾，会争吵，但是他们更懂得彼此理解，相互忍让。在山中，如是不管做什么，他总是在她身边，从不会走远，更不会独自离开。

他说，"这辈子没能力摘天上的星星给她了，但是我可以努力种花耕地，每天送终南山的棉花糖云儿给她。"

4

"如是医庵"有一间治疗室，室内有两张罗汉床，这间小屋被她打整得很有禅意，她不想那些来这儿治病的人觉得自己是病人。让来者觉得自己是一个很正常的人，在她看来那是对治疗者的一种尊重。

她治疗疼痛病用的是自家研制的三昧真火酒。中药组方多达几十种，有些药只需正规采购，省时省力，但是有的药材是需要自己在山上找，比如野韭菜根、金银花、艾草、云雾草、天麻、苦参、黄香等。远上终南绝顶可以目睹秦岭天然的中药资源，这些药草和终南的隐士师父一样，修行栖息在大山的褶皱里，与日月相伴，与天地共行。

将药材清洗、晒干、炮制，所有药材采齐备，放筛子上，先用陈年梅花雪水淋透三遍。雪水为轻水，有冲淋功效但不融药性，同时平和药性，发挥雪水药功。就像爱茶人习惯用山泉来泡茶，泉水入了茶，茶便有了真味。

待水干，上大锅蒸，锅内下艾草，灶下用晒干备好的柳枝、桃枝、槐枝、桑枝、桂枝、枸枝等交替烧火，看黄历在正午时开火，要见太阳。大火蒸半个时辰。

锅中水干不糊，上面药材蒸透不滴，开盖迅速用风扇吹凉。添加秦岭深处新接挂霜泉水没过药材，放灶上仍然用十样枝大火烧开后文火慢熬，至锅底水分蒸发尽。这里所有膏药的制作都是用泉水来做引子的，在《本草纲目》里水篇的水都很讲究，不同环境的水，其做药引子的功效也不尽同，譬如屋檐水能治疗狂犬病等。

按量倾倒优质高度酒头稍凉，三个月窖洞暗藏或窖藏。一般十斤酒出一斤多的药酒。搅拌均匀，把混沌药酒大火烧开蒸发大半酒精后取下，迅速泡入大缸内，缸内注满挂霜泉水或刺骨深井水，待缸里的水温上升后，再换一缸新水，直至水凉药酒凉。然后开始封口，不能漏气，最外层用红布包扎。

外加封大粗麻布袋，把药酒坛放中间，旁边塞满老醋糟末二十斤左右。然后下埋禅寺道院山前树林间一米多深的土坑，诵经祈祷。七七四十九或三七二十一天起封。传统中医里都会用到受大自然的灵气和地气的润泽。这是传统的中医做法，古人做药更加讲究。

放家中避光半年以上起盖。起盖后滤取精华的上清液，分瓶装成药酒母液。使用时按比例配入山前的春露或秋露，阴阳调和，中和药性，按照男女老幼，病痛部位等再辅以其他药液，方可使用。

世人普遍认为，西医治标中医治本，中西医学各有千秋。而如是认为世界最完美为中西医结合理论，她在疼痛、骨病、类风湿痛、脊椎痛、老寒腿、肩周炎等疾病方面有自己独到的认识和治疗方法。她在治疗方面有自己的认识和治疗方法。研究古人遗训，祖上秘方，形成特有的心法、药法、诊法、疗法、功法等中西医结合体系。提倡体外给药毛孔疗法等，不吃药打针，减少对肝肾毒害。特点是稳、准、狠、奇、快，祛除疼痛。不用止疼抗过敏西药，拒绝中药毒虫毒草。她深挖中医失传之民间秘法精粹，崇尚自然素朴的绿色生活方式，穿梭于儒释道三修文化，随善结缘，祛人病痛。

她随善结缘，祛人病痛。诊治费用不提，患者随缘。

有多家医院高薪聘请她去当主治中医，也有投资商愿意为她在城里开一家医馆，可是她都拒绝了。她甘愿归隐田园，做一个隐于山野的良医。

她给出家人看病是免费的，不求任何回报。她遇到的，或者是听师父讲的，他们徒弟说的，如是都会随缘供养。因为住的条件不好，所以住山的师父风湿多，如是用自己的医术供养他们。

还有一种人是现役军人，从士兵到将军，她都免费。她有军人情结，这情结源于她的父亲。她父亲曾当过兵，复员回来后给她带了很多部队的东西，经常给她说部队的那些事，受父亲的影响，她的骨子里有着军人的刚毅。其实她也想当兵，因为其他原因，没能实现这个心愿。在她看来，没当成兵，都是命中注定的。但是成年后，朋友、知己中，军人比较多。

如是在医庵还会教那些家里有重病的家属一些医术，一来是为了及时减轻病人的痛苦，二来是因为她知道自家的药好，再加上治病的心法，很容易掌握。如是深知他们日子过得苦，通常，药也是免费提供给他们。学了医术，他们除了治疗自己家人外，还可以帮助其他需要帮助的人，也可以给他们带来一定的收入。何乐而不为？她知道类似于尿毒症这样的病每天要透析，要专人护理，患者的家人在物质和精神上受着双重煎熬。

她对一个前来治疗的朋友说自己父亲就是尿毒症，她知道人是有轮回的，每个人天生的智慧、福德，都是累世的，人患上重大的疾病也是累世的。

医者本身的修为和生活方式应是一剂上上药引。

悬壶济世万万千，世间疾痛千千万。

5

她时常去深山之中，用自己的医术供养修行的师父。

一日，她梦见了慈悲的通灵师父，师父被病魔缠身，异常痛苦。在梦中，她止不住地掉眼泪，她心疼师父。

次日一大早，她背起医箱，让梵山陪着她走上了去往南五台的山路，她与梵山说起昨晚的梦，眼中依然有泪。走了很长的路，他们又累又渴，背包里都是带给师父的日常生活所需，里面还有一袋新鲜的油桃，是她前日从树上摘下的，大而鲜。他们再饿再渴，也舍不得吃这些食物，一心想着要供养给师父。她记得一位师兄说过，供养住山修行的师父大有意义，是清修的传承。

微妙玄通之境出现在崎岖后的坦途，人心叵测之窘出现在分道时的初衷。一路上，空谷寂寂，鸟雀啾啾，清风习习，山路弯弯。喘息时总有路石，这是他们的福报。

路途中偶遇一位疼痛难忍的居士，随缘布施，停下来治疗居士的肩肘，居士的狗被猎枪打伤，她又去找那条狗，为受伤的狗治疗。

他们到南五台的时候迷了路，幸亏遇见一位好心的修行者，帮着他们一起找到了师父修行的"清净洞"。那是一个在悬崖绝壁之中砌出来的小石房子。洞口有晏坐磐石，晒经平台，洞门在隐蔽之处。

轻声敲门。师父开了门，如是望向师父，师父的眼中有着温和坚定的光。在师父的眼神中，她仿佛在那一瞬间就找到了"归家"的路。

一进去便饥肠辘辘，通灵师父给他们下了挂面，他们就在清净洞里吃了碗面条。

师父的病真的又复发了，身上出了许多带状病毒，它是潜藏在皮肤下的一种病毒，非常疼。她用自家的药给他拔毒，希望可以拔除他背部淤积的毒素，治完之后有一半见好转，她把药留下来供养他。

因为发心供养，与师父结的缘分更深了，师父给他们讲很多真正修行意义的佛法。师父带如是与梵山去了山顶，眼前是人间绝景，青山连绵，海岳清岚，群峰之间的流云宛若惊鸿。师父还带着他们进了大茅蓬小茅蓬，比丘尼师父在那儿修行，那些地方游人是进不去的。她特别感动，感动到一瞬间就流下泪来。

师父特别慈悲，那种慈悲是让一个坏人遇见他就能马上变好。师父常年吃素，身体修得特别香，他的那种香不是点香的檀香，而是山上修出来的香，会让闻者清净。除了通灵师父有这种体香，她还曾在比丘尼师父身上闻到过相同的清香之气，这位师父在山上住了十三年，屋内一尘不染，进去之后就有那种香味。因为她经常做药，嗅觉灵敏。

在清净洞中，有蚊子叮她，她按捺不住，一遍遍驱赶围绕在她身边的蚊子。师父说，蚊子咬你，是因为你吃得太杂了，身体会散发出一种臭味，所以蚊子喜欢你。虫子不叮咬我们，因为我们在山中打坐修行，一念清净，归于虚空，不在轮回里打转。

晚上师父又留他们，要给他们加法，但是她婉言谢绝了，因为家中还有年幼的女儿子兰需要他们回去照看。

回到家中已是深夜，女儿子兰已熟睡。那天很累，但是她很高兴，因为她对佛法有了更深层次的认识。路没有白走的，人没有白见的，缘分也没有白白遇到的，都是应该的，都是注定的。

两周后，师兄到医庵，给如是带来了通灵师父的消息，上次的药很管用，感谢如是两周前的发心治疗。

日出进山，日落出山。师兄带着如是在山中跋涉，给了她方向、力量、信心和内心的殊胜。他战胜腿疾，一步也没落下，都是佛菩萨的加持。数个小时之后，他们终于来到了清净洞。

如是检查了师父背部皮肤，看到皮疮已经开始结痂变暗了，心中喜悦。师父说，这几天总是痒得很。如是知道师父很快就会痊愈了，，痒是经络开始通了。

检查完身体，师兄把身上的所有东西，包括药品、水杯、钱、打火机、衣服、帽子等只要能留下的统统留下，都供养给了通灵师父。这一举动令她感到吃惊和惭愧。

这才是供养心的到位，全心全意。

紧接着师父邀请他们俩观看茅蓬外的风水，又展示了未来的规划蓝图，此处曾是迦色佛的道场。

这是一个九瓣莲花峰合围的风水宝地，面东靠西，宛如一尊沙发，安放在天地之间，而沙发的正中就是寺院主殿的旧址。师父预言，未来将有有缘人在此发心兴建寺庙。

山里师父们的清修日子，在凡人看来是异常艰难，不可思议。他们有山中村民供养，自己也会栽菜，生活清淡、质朴。在他们看来山中的一切都是物华天宝，应有尽有。

"大道至简"，他们静守在终南山与天相接处，"与天地同呼吸，与日月共光辉"。

很多见过她的师父都很信任她，不会问她的来历，不会问她的医术，他们就是在短暂的交谈过程中相信她。

这些终南隐士信仰佛教或道教，不管他们真正的修为是什么，她敬仰他们，称呼他们师父。他们为了心中的修行，一念清净，追求更高洁的智慧，他们是真正积极的人，而不是世人所说的看破红尘。能穿上那身衣服已经让她非常敬佩了，她没有太多的金钱供养这些师父，但是她有自己的医术随缘施之，如果遇到了她就去供养他们，不刻意为了供养而去供养。

如是放下世俗包袱，背上医箱供养，为虔诚的僧侣祛除风湿疼痛。在日升月落时站在高高的山岭上为心中敬仰之人祈福。任阳光晒黑她的脸庞，任风霜挽结她的长发。

6

对于如是来说，在这个院子里最快乐的时候就是喝茶、聊天，像诗一样地生活。最有成就感的时候是给病人治病，病人疾病减轻，欢喜高兴，她也感到欣慰。

许多朋友对她的归园生活感到好奇，时常会有人来此看她，她并不觉得被打扰，因为有些东西是挡不住的，如果有更多的人能起恭敬心来到这儿，看到这种生活状态，能带给他们启迪，也是一种医治。

她愿在这儿医治病人，减轻他人疼痛，她跟梵山每天的劳作就是想将这样的生活过成药引子，去医治更多的人。

在她看来，疼痛的病人太多了，但是有心病的人更多。能把这剂药引子做好其实比医治疼痛更重要。

世间所有的人都有病，只有死人没有病。贪财是一种病，胡思乱想是一种病，起色心也是一种病。十人九病，不是说身体上的病，而是心理上的病。贪恋心，虚荣心，甚至更多的心，人会因这个心做出很多不欢喜的事情。

世人之病，是心病。她不能保证把这剂药给多少病人，但是会给有缘人。

身心合一，方能悟天地之意，就是这个"悟"字，左边一个"心"，右边一个"我"，人和心要相融。医病先要医心，这样的生活其实是可以治愈人的。有很多的东西并不是人内心真正想要的，只是欲望作祟罢了。

人活着，佛家说的贪嗔痴慢疑都在这里面。贪嗔痴慢疑，都是自己心里生出来的，害了世人无数次，世人却依旧趋之若鹜。

世人总以为这种归园式的生活是写在古书中的，与现代人的生活相悖甚远。殊不知，这样与山野、土地、内心相亲近的时日，才是真正接地气的生活。他们乐在其中，质朴无华，对这个世界升起更多的美好情怀。

大伙儿都好奇，他们在终南山隐居，靠什么来维持生活。有人将这个问题说给她听，她回答，在这里生活花的最大的成本并不是金钱，而是时间。

如是与梵山最初也向往城市生活，但是当他们得到以后，才发现一切远不是自己想的那样。生活在嘈杂喧闹和灯红酒绿的城市当中，整天戴着虚假的面具为了生活奔波，第二天又是这样去重复，身体一天天垮掉。他们想给孩子创造更优越、宽松的环境，但是在城市生活多年后才发现做到这点太难。庆幸的是，今天他们终于做到了。其实只是一念之间的事情，真正决心去做的时候并不难。终南山如此好山好水，一花一草，一茶一饭，一粥一菜，这返璞归真的日子，任谁都心生欢喜。

每个人都向往这种生活，却不是每个人都有勇气去践行。

一切皆是天意。

她今生的理想是，在这个地方，过好他们的生活。她还要养一只猫，猫猫、狗狗、女儿、山泉、星星、月亮、竹林、小溪、果树，她栽的这些花、草，他养的金鱼，每时每刻跟他们生活在一起，人与自然，生命与生命，和谐相处，其乐融融，这就是他们所追求的返璞归真的生活。

把这种生活身体力行地延续下去，做一个归园式的医生。

隐于山野幽处，与最亲近的人交谈，做随心欢喜的事情，吃自然馈赠的食物，清心寡欲，整个人会像青山之中的翠竹一般，通透碧绿，素简静洁。她的整个内心世界，包括行为，会带给她的患者、她的朋友内心的医治。

这种理想生活必须要付出，跟汗水交融在一起。他们自给自足，春种秋收，有茶喝茶，没茶饮泉。他们自己做饭，一碗素面，两个馍片，三五叶菜。他们无时无刻不在清扫落花杂尘，擦洗茶台桌椅。

早上摆弄花草，晚上收拾台面，雅致的生活情调映入眼帘，为的是有缘的朋友进门后感动的瞬间。他们不是隐士，只是酷爱终南的红尘散客。

梵山曾想过在山里雇一个保姆，负责打扫卫生，做早、中、晚饭。这样她会很轻松，就可以坐在这儿风花雪月了。可是她不同意，她说，那样会少了许多亲力亲为的乐趣。劳动，占用了她大量珍贵的休息和修行的时间。她在这里干活，从早忙到晚，很累，但她从不言。这些纷杂的琐事会让人心生烦恼，能不能在这琐碎的事情中把烦恼心压在心里，这不属于清修也不属于苦修，是做人阶段的修行。

做这些在很多人眼里很没有价值的事情，其实是真正修自己内心，是真正的价值。她知道，人不能太超脱，需度人度自己。在任何时候都不要急，不要躁，修自己。

山中的日子不是与世隔绝，他们同样需要生活，只是这生活慢了很多，曾经是江湖策马，现在是天涯看花。

此刻的终南山青翠如滴，大团的白云厚实柔软，如同爱人的拥抱。

有病人来找她治病，她刚好在菜畦劳作。

梵山远远地唤着她，如是，如是。

声音漫溢到整个山涧。

鸟雀扑扇着翅膀鸣叫，伴着梵山的呼唤声，飞向了更远的地方。

禅房静幽，空谷鸟鸣。

戴着草帽的女人欢喜地应答着，她的右手挽着装满青菜的竹篮，左手捧着一大束野花，向着有光的地方走来。

图书在版编目（CIP）数据

当茉遇见莉／李菁著.—北京：作家出版社，2015.8

ISBN 978-7-5063-8234-2

Ⅰ．①当… Ⅱ．①李… Ⅲ．①短篇小说-小说集-中国-当代 Ⅳ．①I247.7

中国版本图书馆CIP数据核字（2015）第200096号

当茉遇见莉

作　　者：	李　菁
出 品 人：	高　路　猫书社
责任编辑：	丁文梅
策划编辑：	姜小白　罗亚晴
封面设计：	薄荷橙
版式设计：	果　丹
封面画师：	@虾米在画画
出 品 方：	北京中作华文数字传媒股份有限公司
出版发行：	作家出版社
社　　址：	北京农展馆南里10号　　邮　　编：100125
电话传真：	86-10-65930756（出版发行部）
	86-10-65004079（总编室）
	86-10-65015116（邮购部）
E-mail:	zuojia@zuojia.net.cn
http://www.haozuojia.com（作家在线）	
印　　刷：	三河市北燕印装有限公司
成品尺寸：	146×210
字　　数：	135千
印　　张：	7.75
版　　次：	2015年11月第1版
印　　次：	2016年3月第2次印刷
ＩＳＢＮ	978-7-5063-8234-2
定　　价：	36.00元

遇见你的那个时候，

阳光刚好洒在你的头发上，

映着洁白的茉莉花，好看的不像话，

成了我一生的牵挂……

所以，

至今也分辨不清，

究竟是　　愛，